CÓDIGO DOS HOMENS HONESTOS

BIBLIOTECA ÁUREA

CÓDIGO DOS HOMENS HONESTOS

OU A ARTE DE NÃO SE DEIXAR ENGANAR PELOS LARÁPIOS

HONORÉ DE BALZAC

5ª EDIÇÃO
APRESENTAÇÃO: FLÁVIO MOREIRA DA COSTA
TRADUÇÃO: LÉA NOVAES

EDITORA
NOVA
FRONTEIRA

Título original: *Code des gens honnêtes ou L'Art de ne pas être dupe des fripons*

Copyright © da tradução, Léa Novaes

Direitos de edição da obra em língua portuguesa no Brasil adquiridos pela EDITORA NOVA FRONTEIRA PARTICIPAÇÕES S.A. Todos os direitos reservados. Nenhuma parte desta obra pode ser apropriada e estocada em sistema de banco de dados ou processo similar, em qualquer forma ou meio, seja eletrônico, de fotocópia, gravação etc., sem a permissão do detentor do copirraite.

EDITORA NOVA FRONTEIRA PARTICIPAÇÕES S.A.
Rua Candelária, 60 — 7º andar — Centro — 20091-020
Rio de Janeiro — RJ — Brasil
Tel.: (21) 3882-8200 — Fax: (21) 3882-8212/8313

Capa: Rafael Nobre
Imagem de capa: Shutterstock/Everett-art

CIP-Brasil. Catalogação na publicação
Sindicato Nacional dos Editores de Livros, RJ

B158c   Balzac, Honoré de, 1799-1850
5. ed.   Código dos homens honestos : ou a arte de não se deixar enganar pelos larápios/Honoré de Balzac; tradução Léa Novaes. - 5. ed. - Rio de Janeiro : Nova Fronteira, 2018.
                   (Biblioteca Áurea)

   Tradução de: Code des gens honnêtes ou L'art de ne pas être dupe des fripons
   ISBN 9788520942635

   1. Humorismo francês. I. Título. II. Série.

18-48207   CDD: 843
                            CDU: 821.133.1-3

Sumário

Esplendores e misérias de um escritor enquanto jovem —
Flávio Moreira da Costa 7

Prólogo 11
Considerações morais, políticas, literárias, filosóficas,
legislativas, religiosas e orçamentárias sobre a
Companhia dos Ladrões 15

Livro Primeiro
Dos ofícios previstos pelo Código 25
    Título I — Dos ladrões de galinha 28
    Capítulo 1 — Dos lenços, relógios, sinetes, tabaqueiras, fivelas,
carteiras, bolsas, broches etc. 30
    Capítulo 2 — Roubos em lojas, apartamentos, cafés, restaurantes,
roubos domésticos etc. 36
    Título II — Escroquerias 45
    Título III — Roubo com efração 59
    Capítulo 1 61
    Resumo do Livro Primeiro 66

Livro Segundo
Das contribuições voluntárias forçadas angariadas nos salões
pelas pessoas de sociedade 69
    Capítulo à parte — Dos apelos feitos ao seu bolso na casa do
Senhor 96
    Resumo do Livro Segundo 103

Livro Terceiro
Indústrias privilegiadas 107
    Capítulo 1 — Do tabelião e do advogado ou Tratado sobre o perigo que o dinheiro corre nos cartórios 109
    Resumo do Capítulo 133
    Capítulo 2 — Dos corretores de câmbio, dos corretores de negócios, das Casas de Penhores, da loteria, das casas de jogo, empréstimos, dívidas públicas 135

Sobre o autor 141

Esplendores e misérias de um escritor enquanto jovem

Em 1825, Honoré de Balzac tinha 25/26 anos quando publicou este *Código dos homens honestos*. Naquele mesmo ano, morria sua irmã Laurence, ele começava a trabalhar como editor por conta própria (não daria certo; no ano seguinte ele abriria uma tipografia, que seria liquidada um ano depois, originando-lhe as primeiras dívidas) e tornava-se o amante da duquesa d'Abrantès, seu primeiro de uma série de amores com mulheres bem mais velhas. Com Madame de Berny, vinte anos mais velha que ele, se relacionaria por muitos anos.

Não, este *Código dos homens honestos ou A arte de não se deixar enganar pelos larápios* não era seu primeiro livro, pois desde 1820, com 21 anos, quando escreveu *Cromwell*, um drama em versos, como era moda, e mais três obras inacabadas — e frustradas —, ele já escrevia febrilmente. Por algum tempo — até ficar famoso por volta dos trinta anos —, escreveu e publicou livros que atendiam ao mercado e que assinava com uma série de pseudônimos. Sim, escrevia para o mercado, ao gosto da época: histórias góticas, influenciado por sir Walter Scott. Se alguém — ele, no caso — quisesse saber como pulsava o mundo, precisava mergulhar seu imaginário no mundo do dinheiro. Essa experiência serviu-lhe de grande aprendizado. O jovem Balzac escrevia às pressas, com muita rapidez e atendo-se a detalhes descritivos quase obsessivos, exatamente como faria mais tarde com sua obra até hoje lida e estudada. A diferença é que, a partir de *Les Chouans* (1829) e das obras posteriores, assinadas com seu nome, ele iria corrigir as provas à exaustão, até o ponto de reescrevê-las quase todas. Nos primeiros livros, ele não se dava ao trabalho de passar os olhos uma segunda vez.

Este retrato 3 x 4 do Balzac jovem de 1825 contém em si mesmo o retrato em forma de grande painel do Balzac adulto que ficou para a história:

1) seu relacionamento vital, energético (movido a doses grandes de café e a uma rotina toda própria em que chegava a trabalhar 18 horas num dia) com a palavra escrita, com o ato de escrever e criar;

2) seu relacionamento com as mulheres, em geral mais velhas e mais ricas do que ele e que tão importantes foram em sua vida;

3) seu relacionamento de perdas e ganhos — mais perdas do que ganhos — em relação a bens materiais.

Vamos nos ater um pouco a esse terceiro item. É importante destacá-lo não só pelo fato de que dívidas o acompanharam pela vida toda. Balzac tinha despesas extravagantes, bem longe do bom senso recomendado por Descartes. Mesmo sem rendas, e já devendo a outros, não hesitava em adquirir objetos de arte, tapetes caríssimos, uma banheira de mármore etc. Gostava disso, só que na hora de pagar... bem, então fugia, se escondia. Não seria exagero dizer que passou a vida gastando muito e fugindo dos comerciantes. A tal ponto que chegou a montar um apartamento secreto, bem ao estilo do seu gosto, o rococó, para se esconder dos credores.

Ora, dirão, tudo isso mais parece apenas a parte anedótica de sua biografia, e talvez o seja. No entanto, e não por coincidência, a presença do dinheiro é um dos temas centrais e portanto mais recorrentes da *Comédia humana*. Não foi por outra razão que Engels, o parceiro de Marx, na época em que os dois elaboravam a crítica ao capital/capitalismo, afirmou ter aprendido mais sobre a França do século XIX lendo os romances balzaquianos do que estudando os sociólogos, historiadores e analistas políticos. Não é pouca coisa. Na realidade, é a afirmação do poder da ficção.

O personagem-símbolo do tema em questão na obra de Balzac é Eugène de Rastignac, de *O pai Goriot*, que conduz a narrativa com a paixão monomaníaca pelo dinheiro. Já esse tema, em si mesmo árido, contrastava com as concepções literárias da época. Afinal, era a escola realista que se afirmava. Mas não vamos concluir que Balzac tenha sido um romancista de uma nota só: dificilmente haveremos de encontrar outro escritor que tenha, como ele, escrito sobre tantos e tão variados assuntos, e de tantas maneiras diversas, concomitantemente. Não é à toa que se usa muito a palavra "gênio" em relação a ele.

Bem, ainda estamos no Balzac pré-*Comédia humana*. Em 1825, para voltarmos a este *Código dos homens honestos*. Do que se trata? Já vereis, caro leitor, que não se trata de ficção, muito menos de romance. É um manual de sobrevivência na selva da cidade grande (imaginem que Paris era tão grande que já passara dos cem mil habitantes!...), ou simplesmente "Manual", como ele mesmo o classifica na introdução. O objetivo era ensinar como se livrar de golpes, roubos e outras armadilhas do mundo moderno de então. "Esta obra terá só o defeito de mostrar a natureza humana sob um aspecto negativo" — diz o autor. E antes, no começo da introdução, ele vai direto ao assunto:

> Nos tempos que correm, dinheiro significa prazer, consideração, amigos, sucesso, aptidões e até inteligência; esse doce metal pode ser objeto constante de amor e respeito dos mortais, qualquer que seja a idade ou condição, de reis a costureirinhas, de grandes proprietários a emigrantes.
> No entanto, esse mesmo dinheiro, fonte de todos os prazeres, origem de todas as glórias, é também o objeto de todas as disputas.

E aí entram os ladrões, larápios, golpistas de todos os matizes. Já naquela época, viver era muito perigoso e havia ameaças de roubos por todos os lados, sem esquecer uma categoria profissional no auge da França pós-napoleônica, da Restauração: as prostitutas, acostumadas a roubar seus clientes. "Basta dizer que há, em Paris, trinta mil delas!... Santo Deus! trinta mil!..."

E Balzac passa a dar conselhos de como se precaver contra tantas ameaças. É claro que a maioria desses conselhos de nada serviria contra os golpes e achaques federais (e municipais e estaduais) do Brasil de hoje, por exemplo. Talvez alguns deles nos soem ingênuos, já que o mundo progrediu desde então, inclusive em matéria de roubos e golpes, não é mesmo? *Código dos homens honestos* é um livro de autoajuda *avant la lettre*. Funciona como uma espécie de introdução temática ou nota de pé de página antecipada (se pudéssemos inverter a cronologia do autor) ao que viria depois, ou seja, aos grandes romances como *Eugénie Grandet* (seu primeiro sucesso, de 1833), *O pai Goriot* (talvez a melhor introdução à *Comédia humana*), *Ilusões perdidas* e *Esplendores e misérias das cortesãs*, além dos demais títulos que viriam a compor este imenso painel de romances do século XIX que é *A comédia humana*.

Divirtam-se, leitores. E cuidado com os ladrões escondidos pelos cantos da cidade grande.

Flávio Moreira da Costa[1]

---

[1] Poeta, autor de romances, contos, livros de não ficção e renomado antologista. Já atuou como crítico literário e recebeu diversos prêmios por suas obras.

Prólogo

Nos tempos que correm, dinheiro significa prazer, consideração, amigos, sucesso, aptidões e até inteligência; esse doce metal pode ser objeto constante de amor e respeito dos mortais, qualquer que seja a idade ou condição, de reis a costureirinhas, de grandes proprietários a emigrantes.

No entanto, esse mesmo dinheiro, fonte de todos os prazeres, origem de todas as glórias, é também o objeto de todas as disputas.

A vida pode ser considerada um perpétuo combate entre ricos e pobres. Os primeiros estão entrincheirados numa praça-forte cercada de muralhas de bronze e abarrotada de munições; os segundos sondam, saltam, atacam, derrubam, corroem as muralhas; e, apesar dos muros e dos portões, apesar dos fossos e da artilharia, raramente os assaltantes, esses cossacos do Estado social, saem da empreitada de mãos vazias.

O dinheiro subtraído por esses refinados corsários está perdido para sempre. Seria causa inglória tentar evitar seus rápidos e habilidosos ataques. Para esse objetivo dirigimos todos os nossos esforços e, para defender as pessoas honestas, tentamos mostrar as manobras desses hábeis Proteus.

O homem honrado, a quem dedicamos este livro, é:

Um homem ainda jovem, amante dos prazeres, rico ou a quem o dinheiro vem com facilidade e de fonte legítima — de probidade a toda prova, seja ela de cunho político, familiar ou não —, alegre, franco, espirituoso, simples, nobre, generoso.

É a ele que nos dirigimos, tentando ajudá-lo a conservar todo o dinheiro que poderia perder para a sutileza e para a astúcia, sem pensar que está sendo vítima de um roubo.

Esta obra terá o defeito de mostrar a natureza humana sob um aspecto negativo. Mas então, vão dizer, é necessário desconfiar de todos? Já não há pessoas honestas? Devemos temer os amigos, os parentes? Sim! desconfiem de todos, mas nunca deixem transparecer sua desconfiança. Sejam como os gatos: doces, meigos, mas sempre de olho em como escapulir; não se esqueçam de que nem sempre as pessoas honradas conseguem cair de pé. Estejam sempre atentos: saibam ser, por fim, alternadamente maleáveis, como o veludo, e inflexíveis, como o aço.

Estas precauções são inúteis, nos dirão.

Sabemos perfeitamente que nos dias de hoje já não há assassinatos nas ruas durante a noite, já não se rouba como antigamente, os relógios são respeitados, as bolsas são objetos de consideração, os lenços são tratados com cuidado. Sabemos também o que nos custam a cada ano os gendarmes, a polícia etc.

Os Pourceaugnac, os Danières são seres inteiramente fictícios; perderam seus modelos. Sbrigani, Crispin, Cartouche são seres ideais. Já não há provincianos de quem zombar, tutores para enganar: nosso século tem um ar totalmente diferente, uma fisionomia muito mais branda.

Aos vinte anos, qualquer jovem é astuto como um velho juiz de instrução. Todos sabem o que vale o ouro. Paris é arejada, uma cidade de ruas largas onde quem leva dinheiro já não caminha imprensado no meio da multidão. Já não é a velha Paris sem modos, sem iluminação — não que haja mais luzes, é bem verdade —, mas os gendarmes, os espiões são lampiões de outro tipo.

Temos de fazer justiça às novas leis: ao suprimir a pena capital, forçaram o criminoso a dar mais valor à vida. Os ladrões, descobrindo meios de enriquecer através de golpes engenhosos e sem arriscar o pescoço, preferiram ser escroques a assassinos, e assim tudo se aperfeiçoou.

Antigamente exigiam nossa bolsa ou nossa vida com brutalidade; hoje, não querem nenhuma das duas. As pessoas honradas temiam os assassinos; hoje, seus inimigos são prestidigitadores. Agora já não se afiam os punhais, e sim os espíritos. A única ocupação deve, pois, consistir em defender nossos escudos contra as armadilhas que os cercam. Ataque e defesa são igualmente estimulados pela necessidade. É uma questão orçamentária, um combate entre o homem honrado que se alimenta e o homem honrado que jejua.

A elegância de nossos gestos, o refinamento de nossos costumes, o verniz de nossas maneiras refletem-se sobre tudo o que nos cerca. A partir do momento em que foram fabricados belos tapetes, ricas porcelanas, móveis de valor, armas magníficas, os ladrões — a classe mais inteligente da sociedade — sentiram que deviam estar à altura das circunstâncias: rapidamente passaram a usar o tílburi como agente cambial, o cabriolé como tabelião, a carruagem como banqueiro.

Então, os meios para se apossar do bem de outrem multiplicaram-se tanto, tomaram formas tão amenas, foram tão praticados que se tornou impossível prevê-los, classificá-los em nossos códigos, e o parisiense, sim, o próprio parisiense, foi o primeiro a ser enganado.

Se o parisiense, esse ser de gosto tão refinado, dotado de tão rara prudência e de tão delicado egoísmo, dono de um espírito tão fino, de uma percepção tão ampla, cai todos os dias nesses laços bem armados, havemos de convir que os estrangeiros, os despreocupados, os crédulos e as pessoas honradas devem logo consultar este manual, onde esperamos haver mencionado todas as armadilhas.

Para muitos, o coração humano é um país desabitado; essas pessoas desconhecem os homens, seus sentimentos, seus modos de ser; não estudaram o tipo de linguagem dos olhos, do andar, dos gestos. Que este livro lhes sirva de mapa; e que, como os ingleses, que não se arriscam nas ruas de Paris sem um livro de bolso, as pessoas honradas consultem este guia, seguras de nele encontrar os conselhos bondosos de um amigo experiente.

Considerações morais, políticas, literárias, filosóficas, legislativas, religiosas e orçamentárias sobre a Companhia dos Ladrões

Os ladrões constituem uma classe especial da sociedade: contribuem para o movimento da ordem social; são o lubrificante das engrenagens e, como o ar, penetram em qualquer lugar; os ladrões são uma nação à parte, no interior da nação.

Ainda não foram estudados com sangue-frio, com imparcialidade. Na verdade, quem se preocupa com eles? Os juízes, os procuradores do rei, os espiões, a polícia e as vítimas de seus roubos.

O juiz vê um ladrão como o criminoso por excelência que eleva à categoria de ciência a hostilidade para com as leis, e o pune. O magistrado o leva aos tribunais e o acusa: ambos o execram, o que é mais do que justo.

A polícia é a inimiga direta dos ladrões e não pode julgá-los com isenção de ânimo.

Finalmente, as pessoas honestas, as que são roubadas, não têm a mínima vontade de tomar o partido dos ladrões.

Achamos que se faz necessário, antes de tentar desvendar as astúcias dos ladrões — privilegiados ou não e de todas as categorias —, tecer sobre eles algumas considerações imparciais; talvez ninguém mais possa analisá-los sob todos os ângulos e com total sangue-frio; certamente não seremos acusados de querer defendê-los, nós que lhes tiramos o pão da boca, que desvendamos suas manobras, fazendo deste livro um farol que os ilumina.

Um ladrão é um ser raro; a natureza o concebeu como uma criança mimada e despejou sobre ele toda sorte de perfeições: um sangue-frio imperturbável, uma audácia a toda prova, a arte de aproveitar o momento exato, tão fugaz e tão lento, a agilidade, a coragem, uma boa constituição física, olhos penetrantes, mãos ágeis, fisionomia aberta e expressiva, todas essas qualidades não são nada para um ladrão e, no entanto, são consideradas a soma das capacidades de um Aníbal, de um Catilina, de um Mário, de um César.

Além disso, o ladrão tem de conhecer os homens, seu temperamento, suas paixões; tem de mentir com habilidade, prever os acontecimentos, avaliar o futuro, ser dono de um espírito ágil e agudo; tem de ter um raciocínio rápido, encontrar boas saídas, ser bom comediante, bom mímico; tem de saber captar o tom e as maneiras das diversas classes sociais; tem de imitar o funcionário, o banqueiro, o general, conhecer seus hábitos e, se necessário, envergar a toga do magistrado ou as calças cáqui do soldado; enfim, coisa difícil, inaudita, qualidade que faz a celebridade dos Homeros, dos Aristóteles, do autor trágico, do poeta cômico, tem de ter imaginação, uma brilhante imaginação. Ele não é forçado a estar sempre inventando novos recursos? Para o ladrão, o fracasso equivale a uma condenação às galeras.

Mas, se pensamos na tenra amizade, naquele paternal desvelo com que todos guardam o que o ladrão procura, o dinheiro, este outro Proteu; se observamos friamente a maneira como o protegemos, guardamos, garantimos, escondemos; no mínimo vamos concluir que, se empregasse para o bem as extraordinárias qualidades que possui e que lhe servem de cúmplices, o ladrão seria um ser fora do comum, a quem pouco faltou para que fosse um grande homem.

E o que impediu que isso acontecesse? É possível que essas pessoas, sabendo-se superiores a muitos, tendo uma extrema propensão à indolência, resultado lógico de tantos dons; estando na miséria, mas conservando com audácia os desejos mais desenfreados, atributo dos gênios; alimentando um ódio feroz contra a sociedade que despreza sua pobreza; sendo incapaz de se controlar por força do temperamento; e ignorando tudo o que lhes tolhe a liberdade, bem como todos os deveres; veem no roubo um meio rápido de aquisição de valores. Entre o objeto cobiçado e a posse, não veem mais nada, entregam-se felizes ao mal, nele se instalam, a ele se habituam, e têm opiniões solidamente formadas, porém estranhas, sobre as consequências do estado social.

Todavia, vamos refletir sobre as razões que levam um homem a essa profissão difícil, em que tudo se resume a lucro ou perigo; em que, à semelhança do paxá que comanda o exército de Sua Alteza, o ladrão deve vencer ou ser enforcado; talvez assim, pensamentos mais nobres ocorram aos políticos e aos moralistas.

Quando são ultrapassadas as barreiras legais que cercam o bem de outrem, temos de reconhecer uma necessidade incontrolável, uma fatalidade; pois, afinal, a sociedade não dá nem pão àqueles que têm fome; e, quando eles não têm como ganhá-lo, que querem que façam? Mais do que isso, no dia em que a massa de miseráveis for mais forte do que a massa dos ricos, o estado social terá um aspecto totalmente diferente; neste exato momento, a Inglaterra está sob a ameaça de uma revolução desse tipo.

Na Inglaterra, o imposto se tornará exorbitante para os pobres; e, no dia em que, em trinta milhões de homens, vinte morrerem de fome, soldados, canhões e cavalos nada poderão fazer. Em Roma houve uma crise semelhante: os senadores mandaram matar Graco; mas logo vieram Mário e Sila, que cauterizaram a ferida dizimando a República.

Não mencionaremos aqui aquele que é ladrão por gosto, aquele que o dr. Gall descreveu como um infeliz cujo vício decorre de sua organização mental: essa predestinação nos colocaria numa posição embaraçosa, e não queremos concluir a favor do roubo; desejamos tão somente estimular a piedade e a previdência públicas.

De fato, pelo menos reconheçamos no *homem social* uma espécie de horror ao roubo, e, partindo desse princípio, pensemos nas intermináveis lutas, na necessidade cruel, nos remorsos crescentes, antes que a voz da consciência se apague; e, em caso de ter havido luta, quantos desejos afogados, quantas necessidades imperiosas, quanto sofrimento pressentimos entre a inocência e o roubo!

Os ladrões, em sua maioria, são inteligentes, educados; foram caindo progressivamente, em virtude de pequenas tragédias que o mundo esqueceu, desceram do esplendor à miséria conservando intactos os hábitos e as necessidades. Os criados inteligentes e sem tostão convivem bem com a riqueza alheia, mas há outros que se deixam dominar pelas paixões, pelo jogo, pelo amor, e sucumbem ao desejo de adquirir de uma só vez, e o mais rápido possível, uma situação folgada para toda a vida.

A multidão, ao ver um homem no banco dos réus, o vê como um criminoso, o abomina; no entanto, esquadrinhando sua alma, um padre pode ver nascer o arrependimento. Que grande tema para reflexão!

A religião católica é sublime quando, em vez de virar o rosto com horror, abre os braços e chora com o pecador.

Um dia, um bom padre foi chamado para confessar um ladrão prestes a ser enforcado; isso aconteceu na França, na época em que um homem era enforcado por ter roubado um escudo, e a cena se passou na prisão de Angers.

O pobre padre entra, vê-se diante de um homem resignado, ele o escuta. Era um pai de família, desempregado; havia roubado para alimentar os filhos, para vestir a mulher que amava; ele sentia deixar a vida, embora ela tivesse sido madrasta. Suplica ao padre que o salve. As grades estavam abertas, o criminoso foge, e o sacerdote sai apressado.

Sete anos mais tarde, durante uma viagem, o bom padre chega à noite a uma aldeia, no Bourbonnais; bate à porta de uma fazenda e pede pousada.

No interior da casa estavam o fazendeiro, a mulher e os filhos; tudo ali transpirava felicidade. O dono da casa convida o padre para entrar e, depois do jantar, pede-lhe que faça a oração daquela noite. O padre sente que há uma piedade verdadeira nesse ambiente onde tudo anuncia fartura e trabalho.

Logo depois, o fazendeiro entra no quarto destinado ao hóspede e cai de joelhos chorando. O padre reconhece o ladrão que havia livrado da forca; o homem entrega-lhe a soma roubada pedindo-lhe que a faça chegar às mãos dos donos: estava feliz porque o acaso lhe havia permitido receber seu benfeitor. No dia seguinte, houve uma festa para celebrar o segredo entre o marido, a mulher e o bom sacerdote.

Este caso é, claro, uma exceção. Ladrões sempre existiram e sempre existirão. São o produto necessário de uma sociedade constituída. Na verdade, em todos os tempos os homens sempre estiveram enamorados da fortuna. Todos dizem: "Hoje em dia, o dinheiro é tudo, quem tem dinheiro tem tudo." Ah! evitem repetir essas frases banais, passarão por tolos. Aquele que deformou Juvenal, Horácio e os autores de todas as nações deve saber que, desde que o mundo é mundo, o dinheiro foi adorado e buscado com o mesmo ardor. Ora, todos procuram uma maneira de fazer uma fortuna rápida e sólida, porque todos sabem que, depois de adquirida, ninguém se lamentará; ora, essa maneira é através do roubo, e o roubo é coisa comum.

O comerciante que ganha 100% rouba; também rouba o fornecedor que paga a trinta mil homens dez centavos por dia, anota os ausentes, estraga o trigo misturando farelo para render mais, vende víveres de má qualidade; outro, queima um testamento; outro, adultera as contas de uma tutela; outro, inventa uma caixa de pensões: há mil maneiras e vamos descrevê-las. O verdadeiro talento consiste em ocultar o roubo sob uma aparência de legalidade: que horror que é apoderar-se do bem alheio, só o que vem de nós nos pertence, eis a grande astúcia.

Mas os ladrões espertos são recebidos pela sociedade, passam por pessoas de bem. Se, por acaso, descobre-se um malandro que se apossou do ouro que não lhe pertencia, manda-se o sujeito para as galeras: esse é um degenerado, um bandido. Mas, se houver um processo judicial, o homem impecável que roubou a viúva e os órfãos encontrará nessa mesma sociedade mil advogados para defendê-lo.

Sejam as leis severas ou brandas, o número de ladrões não diminui; essa realidade nos leva a confessar que a ferida é incurável, que o único remédio consiste em identificar todas as astúcias, e é exatamente o que tentamos fazer.

Os ladrões são como uma perigosa peste das sociedades; mas não se pode negar sua utilidade para a ordem social e o governo. Se compararmos uma sociedade a um quadro, veremos que são necessárias zonas de sombra e zonas de luz, não? Que seria de nós se o mundo fosse povoado exclusivamente de pessoas honradas, ricas, de bons sentimentos, tolas, piedosas, políticas, simples, dissimuladas? Seria um tédio mortal, não haveria mais nada picante: a humanidade se poria de luto no dia em que já não houvesse fechaduras.

Mais do que isso, que enorme perda para os seres humanos! A gendarmaria, a magistratura, os tribunais, a polícia, os tabeliães, os rábulas, os chaveiros, os banqueiros, os oficiais de justiça, os carcereiros, os advogados desapareceriam como que por encanto. Que faríamos então? Quantas profissões repousam sobre a má-fé, o roubo e o crime! Como matariam o tempo aqueles que gostam de ir aos tribunais para ouvir as defesas, para acompanhar o cerimonial dos julgamentos? Todo o estado social repousa sobre os ladrões, base indestrutível e respeitável; todos perderiam com sua ausência; sem os ladrões, a vida seria uma comédia sem Crispins e sem Fígaros.

De todas as profissões, nenhuma é tão útil à sociedade como a dos ladrões; e, se a sociedade queixa-se dos encargos que lhe custam estes senhores, está errada; ela e só ela e suas onerosas e inúteis precauções são as únicas responsáveis pelo aumento dos impostos.

Na verdade,

a gendarmaria custa...................................20 milhões,
o Ministério da Justiça..............................17 milhões,
as prisões..8 milhões,
os trabalhos forçados, a carceragem etc..........1 milhão,
a polícia custa mais de..............................10 milhões.

Estas pequenas economias nos fariam ganhar cerca de sessenta milhões, se deixássemos os ladrões trabalharem em liberdade; e, é claro, nunca chegariam a roubar sessenta milhões por ano; porque, com livros como este, seríamos obrigados a conhecer seus truques. Vemos, assim, que os ladrões representam uma parte importante do orçamento. Fazem viver sessenta mil funcionários, isso sem contar os estados baseados em seu ofício.

Que classe laboriosa e comerciante! Como dá vida a um Estado! É, ao mesmo tempo, fonte de movimento e de divisas. Se a sociedade é um corpo, pode-se considerar que os ladrões são o fel que o ajuda a fazer a digestão.

No que diz respeito à literatura, os serviços prestados pelos ladrões são ainda mais preciosos. Os literatos têm com os ladrões uma enorme dívida e não sabem como saldá-la, já que nada oferecem a seus benfeitores que esteja à altura dos grandes serviços prestados. Os ladrões estão presentes na trama de uma multidão de romances: são parte essencial dos melodramas; e o sucesso de *Jean Sbogar, Les Deux Forçats* etc. deve-se a esses bravos colaboradores.

Enfim, os ladrões formam uma república que tem suas leis e seus costumes; não roubam uns aos outros, cumprem religiosamente os juramentos e, para resumir, apresentam, no coração do estado social, uma imagem desses famosos piratas cuja coragem, caráter, sucesso e eminentes qualidades sempre serão admirados.

Os ladrões têm também uma linguagem particular, seus chefes, sua polícia; em Londres, onde a associação é mais organizada do que em Paris, têm sindicatos, parlamento e deputados. Terminaremos estas considerações narrando o que se passou na última sessão desse parlamento.

Os membros estavam reunidos no albergue Rose-Mary-Lane. A ordem do dia era votar os agradecimentos a serem apresentados aos juízes que propunham a supressão do costume de publicar os relatórios policiais.

O presidente levantou um brinde ao rei.

Um ladrão propôs um brinde à prosperidade do comércio inglês; outro brindou aos juízes.

Depois do banquete, o presidente tomou a palavra, declarou sua alegria por fazer parte de uma assembleia tão brilhante, numerosa e respeitável:

— O problema que aqui nos traz — disse — está ligado aos interesses mais significativos de nossa profissão.

Em seguida, o orador fez uma análise dos progressos observados na arte de roubar, desde as origens até nossos dias.

— Esse hábito — prosseguiu — data da Antiguidade. Os honestos, bem como os ladrões, mas sobretudo os ladrões, não devem criticar as leis que protegem a propriedade; são elas nosso maior apoio — bradou (silêncio! silêncio!) —, pois, de maneira geral, dão ao público uma falsa segurança e nos proporcionam os meios de exercer nossa profissão. Nosso único capital é a astúcia, e aquele que dela carece merece ser punido: sem leis que regulamentassem essa matéria, todos os homens estariam em guarda e prontos a punir imediatamente o ladrão apanhado em flagrante delito. E um ano de detenção poderia transformar-se em um tiro de pistola que nos roubaria a vida; devemos felicitar-nos sempre pela proteção que nos é garantida pelos juízes e pelas leis.

"Hoje, segundo os textos das leis, dispomos de mil maneiras de escapar, o que não aconteceria se os cidadãos tivessem o direito de defender-se. Bendigamos o legislador que declarou que, antes de nos castigar, era necessário provar o delito. Presenteou-nos com uma guarda de honra. Nenhum cidadão ousa atentar contra nossas vidas. Além disso, como sabem, um documento não mencionado num processo, o erro de um escrivão, a sutileza dos advogados, tudo nos salva.

"Do outro lado do Canal", continuou o presidente, "os ladrões são ainda mais felizes do que nós, pois contam com uma gendarmaria de calças cáqui e sabres afiados e com uma polícia ativa que dão uma segurança ainda maior aos cidadãos. Têm sobre nós a imensa vantagem dos passaportes, invenção admirável que só traz benefícios aos nossos colegas. Nesse ponto, sou obrigado a reconhecer a superioridade de nossos vizinhos.

"É bem verdade", continuou o presidente, "que as galeras existem, bem como a forca; que alguns de nós são até deportados; mas, meus caros *gentlemen*, temos de reconhecer a previdência do legislador e o carinho particular com que nos trata. Não se esqueçam de que, sem as galeras e a corda, muitos iriam imiscuir-se em nossos negócios. Obtivemos um privilégio: na verdade, as punições que nos são destinadas assemelham-se aos impostos pesados com que o parlamento taxa as mercadorias muito caras. Foi assim que conquistamos o monopólio de nosso comércio.

"Prestemos uma homenagem ao progresso das luzes, que veio aperfeiçoar tudo. O gás hidrogênio aumentou a segurança de John Bull, e no final poderemos roubar com toda segurança."

O presidente, depois de ter aprovado o tema da reunião, deu a palavra a M. Wilsh, ladrão de alta estirpe, que, num discurso patético, mostrou o perigo decorrente da publicidade feita pelos jornais sobre as ações dessa confraria.

— Parece-me — afirmou — que já basta o fato de as pessoas honestas terem sobre nós a vantagem que lhes vem das leis, dos oficiais de polícia, dos juízes, das galeras, e não é justo que possam contar com essa horrível publicidade. Não é correto expor ao mundo inteiro os planos engenhosos que concebemos com tanto esforço. Arquitetar um estratagema nos custa meses de trabalho, e um jornalistazinho qualquer, que só sabe mentir, nos impede de colher os frutos. Votemos a moção de agradecimento aos autores da proposta em questão, e sugiro que compremos um terreno para o mais ilustre de nós e o façamos membro do parlamento, para que lá possa defender nossos direitos e nossos interesses...

A proposta foi aclamada por unanimidade. Um dos membros apresentou uma moção, sugerindo que, para fazer parte do corpo constituído dos ladrões de Londres, talvez fosse necessário que o candidato fizesse um curso de direito. Essa discussão ficou para a próxima assembleia, e foi encerrada a sessão.

O que se passou nessa reunião memorável prova que o roubo é uma profissão e deve servir de alerta às pessoas honestas para que estejam sempre vigilantes.

Ficaremos felizes se, através de nossa experiência, pudermos lhes servir de guia, desvendando, nesta pequena obra, as maneiras mais extraordinárias de roubar uns aos outros no mundo dos poderosos!

Livro Primeiro
Dos ofícios previstos pelo Código

O Código, ao prever as penas aplicáveis aos ladrões, listou as diversas espécies de roubo a que está exposto um homem honesto; porém, o legislador poderia prever e descrever os ardis, as sutilezas dos profissionais? O Código ensina ao leitor que ele será vítima de um roubo doméstico, de uma trapaça, de uma afanação, acompanhados de um número maior ou menor de circunstâncias agravantes; e suas páginas inquietantes farão com que o cidadão tranque seu dinheiro a sete chaves, tomado pelo mesmo terror daquele que, ao ler um livro de medicina, já sente os sintomas das perigosas doenças ali descritas. O Código e os juízes são os cirurgiões que detectam, cortam, limpam e cauterizam as feridas sociais. Mas, onde encontrar o médico prudente que estabelecerá as leis da higiene monetária, que fornecerá os meios para evitar os acidentes? A polícia, talvez? Mas à polícia não interessa aquele que foi roubado; ela persegue apenas o ladrão: e as polícias da Europa não devolverão nosso dinheiro, da mesma maneira que não impedem os roubos: aliás, nos dias de hoje, estão ocupados com outro tipo de coisa. O Código que publicamos poderá, talvez, preencher essa lacuna; esperamos que assim seja. Todavia, na impossibilidade de adivinhar todas as sutis artimanhas dos ladrões, tentamos reunir neste Livro Primeiro os aforismos, os exemplos, as máximas e as anedotas que podem servir para esclarecer a probidade inocente sobre as astúcias da probidade condenada.

Título I
Dos ladrões de galinha

O *ladrão de galinha*, entre os *profissionais*, é o nome consagrado por um hábito imemorial para designar esses infelizes *prestidigitadores* que só exercem sua habilidade sobre objetos de pouco valor.

Em todos os ofícios há uma aprendizagem; aos aprendizes só são confiadas as tarefas mais fáceis, para que não ponham tudo a perder; depois, segundo o mérito, sobem gradativamente de posto. Os ladrões de galinha são os aprendizes da corporação a que pertencem e fazem suas experiências *in anima vili*.

Da mesma maneira que o abade Faria iniciava o treinamento de seus discípulos na arte de hipnotizar utilizando uma cabeça falsa coberta por uma peruca, antigamente os ladrões de galinha treinavam num manequim pendurado por um fio. Se o homem de vime fizesse um movimento, uma campainha soava; o professor imediatamente lhe administrava um saudável corretivo, depois ensinava o aluno a subtrair o lenço sutilmente e sem ruído.

Mas, essa idade de ouro dos ladrões de galinha não existe mais; a arte desses senhores, digna de Esparta, está em decadência: passou por várias revoluções, várias fases, e eis a situação atual daqueles que a exercem:

O pequeno roubo é, mais exatamente, o seminário onde se recruta para o crime, e os ladrões de galinha, como vemos, não passam de maus atiradores do grande exército dos profissionais sem patente.

Despojados do esplendor que conheceram de 1600 até 1789, esses discípulos de Licurgo, ao que parece, acumularam duas profissões de origem grega a fim de se reerguerem de sua insignificância.

Se o ladrão de galinha é um homem já de certa idade, nunca será grande coisa: é uma inteligência inferior, e nunca irá além de relógios, sinetes, lenços, bolsas, xales, e só terá problemas com a polícia correcional.

Espera terminar tranquilamente seus dias vivendo às custas do Estado, num grande edifício de pedra de Saint-Leu ou de Vergelet.

Então, como aqueles gregos antigos para quem foram fundados os Pritaneus, já não terá de pensar em sua vida passada, como os heróis de Virgílio no céu.

Mas, se o ladrão de galinha é um garoto de 15 a 16 anos, vai batalhar enquanto espera sua vez; vai-se formar nas galeras ou nas prisões; vai estudar seu código e, como Mitrídates, vai elaborar projetos ousados; vinte vezes arriscará a cabeça em busca da fortuna e talvez acabe morrendo *coram populo*.

Há mil tipos de ladrões de galinha; um deles é aquele jovem que anda sem rumo pelas avenidas, esbelto, desenvolto, vestido com roupas que não foram feitas para ele. O colete de caxemira ordinário, a calça cossaca, o paletó inglês pertencem a modas diferentes. A voz é rouca: ele passou a noite nos Champs-Elysées: na mão, para ajudar a postura, duas bengalas ou algumas correntes.

— Não quer comprar uma boa bengala?

— Compre comigo uma bela corrente, é madrepérola legítima.

Eis um dos selvagens de Paris, um desses seres sem pátria, no coração da França, órfão no seio de uma grande família, sem laços sociais, sem ideias, um fruto amargo da perpétua conjunção entre a extrema opulência e a extrema miséria; eis aí um dos tipos do ladrão de galinha.

Raramente um homem honesto se mistura com um tipo desses: tudo o que lhe dão é um profundo desprezo, bengaladas e uma descompostura que termina invariavelmente com estas palavras: "Vai te enforcar noutro lugar!" Como que dizendo: "Não sou policial, não gosto de mandar ninguém para a forca; zelo por minha tranquilidade; por que iria eu, por um mísero relógio, me meter com a polícia ou com os tribunais?!"

Capítulo 1
Dos lenços, relógios, sinetes, tabaqueiras, fivelas, carteiras, bolsas, broches etc.

O roubo em questão é uma ação através da qual um objeto passa de uma mão à outra, sem esforço, sem arrombamento, mediante apenas um pouco de habilidade. Às vezes, para efetivar esse roubo, é preciso ter ideias novas e criativas.

O senhor, que está no meio de muita gente,

Ou você, pobre plebeu, escrevente, estudante de direito, medicina, caixeiro etc.,

Numa fila para comprar entradas para o teatro etc.,

O senhor, advogado, médico, homem de letras, deputado etc.,

No teatro,

Numa parada militar,

Distraído, observando os cartazes,

No Boulevard de Coblentz etc.

Art. 1º: Nunca desconfie de seu vizinho da esquerda, que usa uma camisa de tecido grosso, uma gravata branca e uma roupa limpa, mas de tecido barato; ao contrário, acompanhe com muita atenção os movimentos de seu vizinho da direita, de gravata fina e elegante, muitos berloques, suíças, ar de gente honesta, maneira desenvolta de falar; é este quem vai roubar seu lenço ou seu relógio.

Art. 2º: Se o seu brilhante desapareceu, não perca tempo em pedir contas a esse senhor. "Mas como? Ele é o homem mais honesto da França e de Navarra!" Inútil revistá-lo, nada vai encontrar: ele o desafiará em duelo ou moverá contra você uma ação de perdas e danos. Seu brilhante está a cem passos; e, prestando um pouco de atenção, você verá sete ou oito *fashionables* postados no meio da multidão em pontos estratégicos.

Art 3º: Prender bem o relógio com correntes de aço, com fitas, redobrar a segurança com duas ou três correntes, grande erro! Erro de nossos antepassados! Velhos hábitos! Velhos e tão pouco úteis quanto os antigos remédios preventivos: cortarão as correntes só com um olhar.

Art. 4º: Atualmente, as pessoas de bom-tom já não usam relógio de bolso, já não podem ser roubadas.

Antes, usavam-se relógios de bolso porque não havia relógios pela cidade.

Hoje, qualquer igreja, repartição ou ministério tem relógios de parede; até nas lojas, não se entra sem ver as horas. Caminhamos sobre meridianos, somos cronometrados. A cada passo nos defrontamos com um mostrador: por isso, os relógios de bolso estão fora de moda. Devemos viver as horas sem contá-las; os relógios de bolso são para os que sofrem de tédio.

Aliás, os cocheiros de fiacres e as pessoas que passam não têm todos um relógio?

Art. 5º: Se um criado lhe traz muitas referências, através das quais famílias honradas exaltam sua honestidade, não corra o risco de contratá-lo.

Art. 6º: Não basta guardar a chave de sua adega e ter uma boa fechadura; não basta contar as garrafas, é necessário beber sozinho o vinho que elas contêm.

Um honrado proprietário contou as garrafas e, depois de lacrá-las, escondeu a chave, que era de uma fechadura muito segura. Quando voltou, encontrou o mesmo número de garrafas, todas lacradas, parecendo intocadas, mas havia desaparecido todo o seu conteúdo.

Nada a comentar.

No que diz respeito às adegas, afora uma boa armadilha à entrada, não há salvação.

Art. 7º: Ao caminhar pela rua, não se deixe abordar por ninguém e ande depressa. Se há multidão, não leve nada com você, nem mesmo um lenço: só as crianças precisam assoar-se: só as mulheres frágeis precisam andar com preciosos frascos de sais: só os gordos usam lornhões. Um homem honrado guarda o tabaco à direita, à esquerda ou no centro, o que o torna invulnerável.

Art. 8º: Se for a um gabinete de leitura ou a um café, finja que está resfriado, tussa; esse estratagema lhe permitirá não tirar da cabeça o chapéu novo.

Este conselho é ainda mais útil quando for a um restaurante.

Art. 9º: Nunca cometa o pecado de mau gosto dos burgueses do Marais, que mandam gravar no chapéu o nome e o endereço em letras douradas: é a defesa pouco inteligente de um homem que teme uma apoplexia fulminante.

Não se esqueça de que, se seu nome estiver visível em seu chapéu, logo terá a seu lado um indivíduo muito correto que conheceu muito o senhor seu pai.

Acontece que o senhor seu pai lhe deve quarenta ou cinquenta francos.

Você renunciará à herança paterna por uma soma tão pequena? Deixará seu pai insolvente?

Ah! maldito chapéu!... Além dos cinquenta francos, vai-lhe custar também o relógio.

Art. 10º: Ao comprar joias ou objetos de valor, fale a sós e em voz baixa com seu fornecedor, se possível quando a loja estiver vazia.

Só assim não correrá o risco de ver chegar à sua casa um jovem joalheiro que lhe oferecerá uma tabaqueira ou um estojo, com nota fiscal, e levará seu dinheiro deixando em suas mãos uma peça falsa.

Esta é uma regra sem exceções: "Ao comprar objetos de valor, vá pessoalmente à loja e pague diretamente ao dono."

Art. 11º: As senhoras *comme il faut* já não usam bolsa e estão livres de passar por certas situações ridículas.

Se as burguesas honoráveis ainda saem de bolsa depois desta observação, devem ter o cuidado de nunca perdê-la de vista.

De nunca pendurá-la no espaldar da cadeira, na igreja.

De nunca levá-la quando vão ao teatro ou passam por ruas muito movimentadas.

De nunca colocar na bolsa objetos de valor.

De nunca deixar que se perceba que pode conter dinheiro etc.

Art. 12º: Desconfie sempre do cupom numerado que lhe entregam nos vestiários onde deixa sua bengala, seu guarda-chuva etc.

Art. 13º: Um honrado cabo da guarda nacional estava pronto para a revista.

Uma multidão de espectadores admirava aquela série de dorsos brancos, bem alinhados, barrigas patrióticas, pernas comerciais, ombros magnânimos, todos da mesma altura.

O dia estava lindo; nenhum pingo de chuva ameaçava os belos uniformes.

O cabo se destacava por seus belos berloques e uma belíssima corrente de ouro.

A companhia não reconheceu o capitão. Só nosso soldado rompia a uniformidade do alinhamento.

— Um pouco mais para trás, cabo! — E as duas mãos do capitão o empurraram levemente.

Um minuto antes, o pobre cabo ostentava uma bela corrente!...

Um minuto depois, chega o verdadeiro capitão, seis polegadas mais alto.

Surpresa da parte do bom soldado. Durante toda a revista, reclama dessa brusca mudança de capitão.

— Ambos estavam enganados: já não sabem qual é a companhia que têm de passar em revista!

De volta à casa, M. Dubut fica pensando nos bolsos assaltados, no valor dos relógios, nos falsos capitães. E sua mulher jura que não lhe dará pela segunda vez um presente tão caro.

Art. 14º: Muita gente boa esconde o lenço debaixo do chapéu.

Art. 15º: Nunca cochile numa diligência, a não ser que viaje sozinho.

Art. 16º: Uma das mais belas façanhas dos ladrões de tabaqueiras e objetos de valor é a seguinte:

Durante a missa do rei Luís XIV, em Versalhes, um jovem aristocrata parecia muito feliz por poder roubar de um cortesão uma tabaqueira de muito valor e grande estima. No momento em que o jovem tirava a tabaqueira do bolso do vizinho, voltou-se para ver se ninguém o observava; encontrou os olhos do rei, fez-lhe um sinal, e este respondeu com um sorriso.

À saída da capela, Luís XIV pede tabaco ao cortesão; este procura pela tabaqueira; o rei procura em seu séquito e, não vendo aquele que o havia escolhido como cúmplice, exclama muito surpreso: "Ajudei a roubá-lo."

Art. 17º: Sendo os nossos cinco sentidos um dos bens mais preciosos, desconfie dos guarda-chuvas: um desajeitado pode inutilizar um de seus olhos com a ponta de uma vareta.

Art. 18º: Usar botões de ouro ou de prata no paletó é uma vaidade que merece ser punida.

Art. 19º: Quando na igreja, desconfie daqueles cujas mãos postas estão sempre imóveis; frequentemente os velhacos usam mãos de madeira enluvadas e, enquanto rezam com fervor, as duas mãos verdadeiras trabalham, sobretudo no momento da Consagração.

Art. 20º: Pode haver muita coisa boa entre livros que custam dez, vinte ou trinta tostões, mas é sempre bom verificar se o livro tem todas as páginas. Façamos justiça aos livreiros: são honestos quando exibem um cartaz que diz: "Livros por dez tostões"; cabe a você não se deixar enganar. Porque eles parecem advertir: "Tome cuidado."

Art. 21º: Sendo o belchior e o agiota gente tão inferior, nós os classificamos de *antigos*, a sinagoga dos ladrões de galinha. Nem por isso deixam de se tornar legalmente ricos.

Posto que é extremamente difícil recuperar o que esses árabes roubaram, deixamos aqui a anedota que se segue:

Um jovem, artista de profissão, havia vendido por cem francos, a um beduíno da rue Saint-Avoye, uma grande quantidade de mercadorias novas, que lhe haviam custado seiscentos francos e foram pagas a prestação. Animado pelo espírito de vingança, mas somente após haver gasto os cem francos, o rapaz vai procurar o judeu.

— Este é um quadro que herdei de meu pai — disse o rapaz. — Perdi tudo o que tinha, peço-lhe que me empreste vinte francos, com este quadro como garantia, talvez esse dinheiro me traga sorte.

— Oh! Os "chovens"! Os "chovens"! — diz o judeu, dando-lhe os vinte francos.

— Está bem! — responde o jovem. — Mas, preste atenção, Isaac: dentro de seis dias virei devolver seu dinheiro, e você me devolverá o quadro. Vamos pôr tudo isso no papel: se eu não voltar no sexto dia, o quadro é seu; mas, juro por esse seu queixo barbudo que, se você vender meu quadro, isto vai lhe custar muito caro.

— Está feita, está feita.

Três dias depois, passa um lorde, vê o quadro, oferece por ele um preço exorbitante.

— É um Rubens — explica. O judeu recusa.

No dia seguinte, passa um pintor que se propõe a comprá-lo. Várias pessoas param para contemplar a obra. Tantos compradores se apresentam que o judeu vê-se obrigado a esconder o quadro.

No sexto dia, o jovem artista volta; já não tem os vinte francos, mas dará seu relógio para reaver o quadro. O judeu oferece um preço justo, que é recusado categoricamente. Duplica a oferta; o jovem insiste em levar o quadro; finalmente, o israelita oferece a metade do preço proposto pelo inglês. O jovem cede, antevendo o brilho do ouro.

O quadro era falso!

Capítulo 2
Roubos em lojas, apartamentos, cafés, restaurantes, roubos domésticos etc.

São roubos horríveis porque se apoiam na confiança. É difícil precaver-se contra eles, como se percebe pela raridade de nossos aforismos. Só podemos aludir aos exemplos mais famosos.

Art. 1º: As pessoas honradas, forçadas pelo destino a contratar cozinheiras, devem, para sua segurança, tentar contratar pessoas de bons costumes.
A maior parte dos roubos domésticos é fruto do amor.
O amante da cozinheira pode levá-la a fazer muitas coisas.
Você conhece a cozinheira; você não conhece o amante.
Você não tem o direito de proibir que sua cozinheira tenha um amante, pois:
1º: Os amantes são independentes das cozinheiras;
2º: Ao querer se casar, sua cozinheira está fazendo uso do pleno direito natural;
3º: Se ela tem um amante, é por uma boa razão.
Assim, amantes e cozinheiras são males necessários e inseparáveis.

Art. 2º: Examine com atenção as casas lotéricas de seu bairro, e procure saber se seus empregados jogam, se jogam apenas o que ganham etc.

Art. 3º: Nem sempre seus cavalos comerão muita aveia, mas sempre beberão muita água.
É difícil inspecionar as cocheiras.

Art. 4º: Quando seu apartamento estiver para alugar, muita gente virá vê-lo; não deixe nada fora das gavetas.

Art. 5º: Pretender impedir que um mordomo, uma cozinheira etc. roubem da despensa é uma rematada loucura.
Você será mais ou menos roubado, nada mais do que isto.

Art. 6º: A camareira usará os vestidos da patroa, o lacaio experimentará os ternos do patrão, usará suas camisas.

Se aquela viagem é um pretexto para se livrar dos importunos, por outro lado lhe trará vários problemas.

Assim que você partir, seu criado usará sua roupa, o copeiro irá à adega, o lacaio passeará no seu tílburi com a camareira, que ostensivamente cobrirá os ombros com um xale de caxemira; enfim, será uma pequena orgia.

Art. 7º: Meio-termo, jamais: tenha total confiança em seus criados, ou nenhuma.

Art. 8º: Uma cozinheira que tenha apenas um amante tem bons costumes; mas é necessário saber que amante é esse, seus meios de sobrevivência, seus gostos, suas paixões etc.

Essa pequena polícia doméstica pode evitar um assassinato.

Art. 9º: Os agentes de câmbio devem cercar o balcão, por dentro, com uma grade sólida. Sempre admiramos a imprudência dos joalheiros, defendidos apenas por um vidro; no entanto, eles conhecem melhor do que ninguém o poder de um diamante.

Art. 10º: Não vá procurar empregados em agências de emprego: nos classificados?... menos ainda.

Art. 11º: Um profissional mandou fabricar colheres de cobre prateado; todos os dias, em vários cafés, ele trocava sutilmente a colher, e viveu muito tempo desse comércio.

Aviso aos donos de restaurantes e lanchonetes.

Art. 12º: O comércio varejista, em Paris, nunca está suficientemente preparado contra os ladrões. Entre estes e aquele a batalha não tem fim.

O dr. E..., médico muito conhecido e especialista em doenças mentais, recebeu certa manhã uma senhora de uns quarenta anos, ainda jovem e bonita. A carruagem da senhora condessa de... parou no pátio da casa do célebre médico.

A condessa foi imediatamente recebida e, mãe desesperada e banhada em lágrimas, disse:

— Doutor, o senhor está diante de uma mulher à beira de um tremendo desgosto. Tenho um filho, que é tudo para mim e para meu marido; é nosso único filho...

Lágrimas, lágrimas abundantes como aquelas que Artemísia derramou sobre o túmulo de Mausolo.

— Sim, s...im, dou...tor e, de algum tempo para cá, estamos em pânico. Meu filho está na idade em que as paixões desabrocham... Embora lhe demos tudo o que quer, dinheiro, liberdade etc., o rapaz apresenta sinais evidentes de demência. Fala de joias sem parar, dos diamantes que vendeu ou deu a uma mulher, mas o que diz não se consegue entender. Suspeitamos de que se apaixonou por uma mulher, pouco digna, talvez, e que contraiu dívidas para satisfazer seus desejos. Tudo isso, doutor, não passa de conjecturas: meu marido e eu não entendemos as causas dessa loucura.

— Pois bem, senhora, traga seu filho aqui.

— Oh! Amanhã, doutor, ao meio-dia.

— Está bem.

O médico acompanha a senhora até a carruagem: vê o brasão, os lacaios.

No dia seguinte, a falsa condessa vai a um famoso joalheiro e, depois de discutir muito tempo sobre o preço de um adereço de trinta mil escudos, finalmente se decide com muita relutância.

Toma a joia, tira despreocupadamente da bolsa uma carteira, nela encontra dez mil francos em notas, as exibe; mas, em seguida, as recolhe e diz ao joalheiro:

— É melhor que alguém me acompanhe, levarei a joia e meu marido fará o pagamento; não trago comigo dinheiro suficiente.

O joalheiro faz sinal a um jovem que, orgulhoso por andar de carruagem, vai com a condessa à casa do dr. M...

Ela sobe rapidamente e diz ao médico:

— Aqui está meu filho, vou deixá-los a sós.

Em seguida, ao sair, diz ao rapaz:

— Meu marido está em seu consultório. Entre, ele vai fazer o pagamento.

O rapaz entra, a condessa desce rapidamente, a carruagem se vai sem ruído: em seguida, ouve-se o galopar dos cavalos.

— Muito bem, meu jovem — diz o médico —, você sabe por que está aqui. Diga-me o que sente... o que se passa nessa cabecinha?...

— Na minha cabeça, nada, senhor, a não ser que lhe trago a fatura do colar de brilhantes...

— Já sei do que se trata — diz o médico afastando a fatura —, estou a par de tudo.

— Se o senhor sabe o valor, então pode me pagar...

— Vamos! Vamos! Acalme-se; de onde vêm esses brilhantes?... Para quem foram comprados?... Fale, diga tudo o que quiser, estou ouvindo com toda a paciência.

— Estou aqui para receber os noventa mil francos, nada mais...

— Por quê?

— Como por quê! — diz o jovem com os olhos arregalados.

— Sim, e por que eu iria pagar?

— Porque a senhora condessa acaba de comprar os brilhantes em nossa loja.

— Bem, chegamos aos fatos. Quem é essa condessa?

— Sua mulher!... — e apresenta-lhe a fatura.

— Mas, meu jovem, tenho a felicidade de ser médico e viúvo.

O jovem perde a calma. O médico chama os criados e faz com que o segurem pelos braços e pernas, o que põe o rapaz furioso. Grita que aquilo era roubo, assassinato, armadilha. Um quarto de hora depois, recuperada a calma, explica tudo com detalhes ao médico, cujo espírito se ilumina dolorosamente.

Por mais que se tenha investigado, esse roubo, tão singular e original, e que culminou na cena entre o médico e o jovem, nunca foi punido. A falsa condessa teve o cuidado de não deixar rastros; os criados eram seus cúmplices, a carruagem emprestada. Esta história é um exemplo que nenhum joalheiro esquece.

Art. 13º: O dono de restaurante está sujeito a ser roubado de uma maneira bem mais cruel, pois não pode exigir a restituição das mercadorias fornecidas.

Contra esse roubo não existem precauções.

Art. 14º: Luís XV, passando pelos aposentos de Mme. de Pompadour, viu um homem empoleirado no alto de uma escada e mexendo num armário; a escada vacilou, o homem quase caiu; o rei a segurou.

Logo depois vieram dizer à Mme. de Pompadour que ela havia sido roubada, e o rei, ao saber os detalhes da aventura, reconheceu que havia sido ele o ladrão.

Esta é uma das melhores façanhas dos gatunos.

Art. 15º: Os comerciantes devem desconfiar de maneira especial das pessoas que têm pressa em ver entregues as mercadorias.

O comerciante avisado deve ele mesmo escoltar — ou um de seus empregados — as mercadorias durante o maior tempo possível.

Imagine um rapaz, empregado em uma transportadora, que, de conivência com um ladrãozinho qualquer, encomenda *uma partida de fitas, um estoque de joias* para uma determinada casa comercial, pedindo que a entrega seja feita na transportadora e a fatura na casa comercial.

Ao chegar a fatura, o negociante não vai saber do que se trata; na transportadora, tampouco o empresário entenderá.

Art. 16º: De maneira geral, a raça dos porteiros conquistou em Paris uma reputação de honestidade a toda prova. No entanto, nos grandes roubos domésticos, os porteiros nem sempre estão inocentes.

A um porteiro é necessário:

1º: Ter alguma inteligência.

2º: Ter bom ouvido e excelente vista.

Exemplo da utilidade de um bom porteiro e de sua influência

O general P... havia escolhido, intencionalmente, um normando um pouco bronco para porteiro. O general partiu para uma propriedade recentemente comprada no campo.

Dois dias depois, seu velho garrafeiro se apresenta à porta, com a clássica carreta puxada por um pangaré; vinha a mando do general, que lhe havia escrito ordenando que retirasse os móveis de alguns cômodos da casa e os levasse para a casa de campo.

O porteiro abre as portas e janelas para que a luz possa entrar, ajuda a carregar os tapetes, os relógios. Ao voltar, o general pagou caro por ter escolhido um porteiro ingênuo.

Art. 17º: Se você alimenta a cozinheira, ela terá o direito de destinar um pouco de seu caldo restaurador ao granadeiro.

O mal não está nisso. No fundo, ela apenas desvia um pouco do que lhe é dado. É um sacrifício em nome do amor. O crime consiste em completar o que falta na sopa com idêntica quantidade de água do Sena.

Art. 18º: Já que os criados exercem uma enorme influência sobre nossos costumes, nossos hábitos, nossas casas, e já que sua maior ou menor fidelidade determina nossa salvação ou nossa ruína, devemos saber que há duas posturas que podemos adotar em relação a eles:

Uma confiança ilimitada;

Uma desconfiança sem limites.

O meio-termo é detestável.

Tentaremos esboçar em poucas palavras um tratado doméstico:

Um criado é membro de uma família, como o porteiro do palácio era outrora membro do parlamento.

Se você escolheu mal, não é culpa do criado, é culpa sua.

Se escolheu bem, você tem uma linha de conduta a adotar. Ei-la:

Um criado é um homem; tem seu amor-próprio e as mesmas paixões que você, seu patrão.

Sendo assim, nunca fira o amor-próprio dos criados. Em qualquer situação, é uma ofensa que o ser humano raramente perdoa.

Nunca se dirija a eles a não ser sobre assuntos relativos ao serviço.

Convença-os de que se interessa por eles, e sobretudo não zombe deles em sua presença, pois seguramente irão se vingar; e o patrão que é motivo de caçoada está perdido.

Se os criados têm filhos, ajude-os, pague-lhes os estudos. Se estão doentes, faça com que sejam tratados em sua casa.

Deixe bem claro que não receberão de você nenhuma pensão *depois de sua morte*; mas aumente seus salários a cada ano, de maneira que, ao cabo de um certo tempo, estejam seguros de que recebem de você um tratamento decente e de que você se preocupa com eles.

Zangue-se raramente, mas com firmeza e justiça.

Não os trate com rudeza.

Não lhes confie nada importante antes de conhecer bem seu caráter.

Tenha sempre cuidado, até que esteja seguro de que são pessoas de confiança: não diga nada de importante diante deles; não fale de sua fortuna, do que lhe acontece de bom ou de mau e, acima de tudo, preste atenção às portas e fechaduras através das quais tanta coisa se vê.

A escolha de um criado é ainda mais importante quando se trata de confiar-lhe nossos filhos.

A mesma dose de política e habilidade é necessária tanto para dirigir um homem quanto para dirigir dez. Trata-se de uma diplomacia de antecâmara, mas é tão sábia quanto qualquer outra.

Um único criado, se amigo, protege contra todos os roubos que são cometidos numa casa.

Art. 19º: Você vê um apartamento suntuoso, bem mobiliado, bem decorado, um homem bem-vestido que, andando pelas salas, discute assuntos importantes com dois senhores ou faz um pagamento a alguém; você, comerciante, que vê esse senhor pela primeira vez, teme interrompê-lo, entrega suas mercadorias, mal tem coragem de entregar-lhe a conta; ele a põe displicentemente sobre a lareira e diz:

— Está bem, mandarei alguém à sua loja para pagar!...

Mal olha para você, que sai encantado; mas, no fundo do coração, existe um receio.

Hoje em dia, nem as crianças se deixam enganar. Todo mundo sabe perfeitamente que o apartamento pode ser emprestado de um amigo, pode estar alugado por apenas 15 dias etc.

Art. 20º: Atacadistas e varejistas, guardem bem este axioma comercial: "Para pessoas desconhecidas, só venda à vista; ou tome informações seguras antes de abrir-lhes um crédito."

Quando disser a um homem "Senhor, só vendemos à vista", verá em seu rosto qual é sua solvência.

Art. 21º: Varejistas de todas as classes, desconfiem dos apartamentos em casas de pensão, com duas portas de saída.

— Senhor — dizem —, vou buscar o dinheiro — e desaparecem com a mercadoria.

Vocês esperam heroicamente. Tolos, mil vezes tolos, só adivinham quando a dona da pensão pergunta:

— Está esperando alguma coisa? — Ou lhes informa que o apartamento está vazio, que seu ocupante se foi ontem, véspera do dia 15.

Art. 22º: Não se esqueça de que você pode frequentemente ser o centro de todo um enredo, e que dois, três ou quatro atores diferentes desempenharão seus papéis para arrancar de seu estabelecimento ou de seu bolso esta preciosa panaceia: *o dinheiro!*

Exemplo: uma manhã, por volta das 11 horas, um inglês para seu belo cabriolé diante da porta da Mlle. F..., célebre por sua loja de roupas. Salta e pergunta num francês arrevesado:

— É aqui a papelaria de M. Chaulin? — Ergue os olhos, vê as balconistas, dispõe-se a retomar o cabriolé, mas volta-se bruscamente e, mostrando-lhes um pacote de lápis, diz:

— Na Inglaterra, entregamos mercadorias a todo tipo de comerciantes; estão vendo estes lápis? Eu trouxe para a França de contrabando. Aqui são muito caros... Querem ficar com eles? Podem ganhar 100% em cima.

A dona da loja não se apercebe do perigo, você também não o teria percebido. Quem poderia ter farejado uma armadilha? Não havia um inglês, um cavalo, um cabriolé e um criado inglês com calças de pelúcia vermelha? A lojista aceita.

— Faço por seiscentos francos — diz o inglês descarregando o cabriolé —, mas na verdade valem mais de mil e duzentos francos; vou deixar o resto nas papelarias, pois tenho de voltar para Londres.

Toma o cabriolé e vai embora.

E as jovens vão imediatamente apontar, experimentar o lápis; é excelente, macio, perfeito: o verdadeiro *Middleton*. Um belo cartaz na vitrine diz aos que passam: *Temos lápis de Middleton*.

Dois dias depois, um jovem muito bem-posto, muito amável, dizendo-se filho do provedor do Colégio de Bordeaux, vem encomendar um enxoval belíssimo, *porque vai casar com uma moça muito rica*. O enxoval sairá por mil escudos. O rapaz passa várias vezes para saber em que ponto está. As costureiras vão à casa dele: as moças, curiosas e tagarelas, contam depois que o filho do provedor mora numa casa bem mobiliada e parece ser muito rico.

Uma manhã, o jovem apresenta-se no ateliê perguntando se pode ter o enxoval para um determinado dia. Quer desenhar a forma de um colarinho, mas acaba de perder um belo lápis de estimação. As moças contam logo a história dos lápis e oferecem ao rapaz um *Middleton*.

Surpresa! Alegria! Espanto!

— Que sorte, terem esses lápis! Como?! De onde?! Mas valem pelo menos 1.500 francos: meu pai adoraria tê-los...

Nesse meio-tempo, chega o inglês de cabriolé; salta e pede os lápis: parte nessa mesma noite para Londres.

O rapaz compra os lápis diante das costureiras, a transação é feita por oitocentos francos, cem para as moças; porém, o inglês quer receber imediatamente, está de partida, não tem tempo para ir à casa do filho do provedor.

Este puxa a carteira, onde não há mais do que sessenta francos. A pobre moça dona da loja oferece os setecentos francos, o inglês vai embora, e o rapaz fica de pagar os oitocentos francos tão logo chegue em casa; propõe levar com ele uma das moças, mas elas não aceitam, afinal, ele não está deixando os lápis como garantia?

Quem veria aqui uma armadilha? Que sutileza de detalhes, que golpe bem preparado! Durante seis dias, a dona da loja felicitou-se por ter ganho cem francos.

Vai à casa do rapaz, ele não está. Ele não aparece mais na loja. As moças ficam preocupadas, voltam à casa dele, nada. O rapaz partiu.

A dona da loja começa a inquietar-se, mas pensa: "Tenho em meu poder 1.500 francos em lápis!"

Ao cabo de um mês, manda chamar o dono de uma papelaria, que, após examinar os lápis, declara que são legítimos, que devem valer uns novecentos francos; mas descobre um pequeno defeito: todos têm grafite apenas para escrever 15 linhas, o resto é madeira e nada mais.

Vejam vocês, neste exemplo, como tudo está aperfeiçoado hoje em dia, e como as artimanhas dos ladrões de segunda categoria não deixam de ser astuciosas quando trabalham em bons ambientes.

Art. 23º: Um honrado alfaiate descobriu um meio de pôr botões invisíveis nos bolsos dos paletós. A invenção parece boa, mas é inferior à invenção dos bolsos falsos.

Um homem distinto usa lenços tão finos que cabem perfeitamente no bolso lateral, e a elegância da roupa fica mais evidente.

Título II
Escroquerias

A escroqueria pressupõe uma inteligência aguda, uma sutileza de espírito, uma certa habilidade. É necessário fazer um plano, ter recursos. Chega a ser interessante.

Os escroques são *as pessoas feitas sob medida para o mundo dos ladrões de salão*; não causam repulsa ao olhar; adotam a maneira de vestir do homem honrado, têm boas maneiras, um linguajar estudado. Costumam introduzir-se nas casas de várias formas, estão sempre nos cafés, têm um apartamento e raramente usam os dez dedos a não ser para assinar. Há alguns que se *aposentam* e se transformam em pessoas honestas, quando ficam ricos.

Um homem de bom senso terá medo dos mil perigos que corre em Paris. Calculou-se que havia na cidade cerca de vinte mil indivíduos que, pela manhã, ignoram como vão jantar. Isto não é nada. O fato é que jantam e jantam bem.

A classe dos escroques é numerosa, como se pode ver, e apresenta curiosas singularidades.

Na verdade, *esse homem feito sob medida para o mundo dos ladrões de salão* nasce e morre a cada 24 horas, como aqueles insetos do rio Hypanis de que fala Aristóteles. Para ele, o problema foi resolvido se fez a refeição da noite.

A guarnição de Paris conta normalmente com vinte mil homens. É interessante notar que vinte mil profissionais montam a cada manhã vinte mil armadilhas contra seus compatriotas, que, por sua vez, dispõem de vinte mil soldados para protegê-los.

Foi levantada a hipótese de que, devido ao suicídio, havia uma espécie de caixa de amortização desses vinte mil profissionais, e que o Sena absorvia anualmente, segundo a maré mais ou menos favorável, uma certa quantidade desses vinte mil homens *comme il faut*, constituindo a massa *flutuante* de uma verdadeira dívida social.

É verdade que o número de suicídios eleva-se a 260 ou trezentos, segundo se trate de um bom ou de um mau ano; é, porém, nosso dever prevenir *as pessoas honradas* e os administradores que não atualizam suas estatísticas sobre a falsidade desta asserção.

Está provado que um profissional nunca morre na água; e, se esse fosse o caso, o número dos excedentes seria mais significativo do que o número de profissionais que se aposentam por esse processo. Aliás, já foram determinadas as classes a que pertencem os suicidas, já foi feita a estatística desses infelizes. Assim, vinte mil armadilhas continuam na ativa todas as manhãs.

Um ladrão de salão *comme il faut* tem sempre cerca de quarenta anos, porque esse Fígaro dos ladrões necessariamente percorreu muitos caminhos antes de chegar a essa profissão perigosa.

Tem um certo conhecimento dos costumes da sociedade, deve falar bem, ter boas maneiras e ter consciência.

De sua toalete, os sapatos são os que mais se desgastam; um homem observador vai reparar sempre no estado dos sapatos daqueles que o cercam. É um indício seguro. Um ladrão nunca está bem calçado, está sempre correndo. Há alguns que, como Carlos XII, permanecem cinquenta dias sem tirar as botas.

Vamos examinar esse Gil Blas em seu melhor ângulo. Você está vendo, naquele salão, um homem de bigode, suíças espessas, bem-vestido? Imagina-se que, por vinte francos, poderia dar "aulas de gravata", de tal maneira a sua gravata está lisa e imaculada, tem um nó impecável. Usa esporas: será cavaleiro?

Não muda de lugar, não sai de sua mesa afastada: faz cálculos, à espera da hora de entrar em cena. Nada em sua expressão denuncia o amor pelo dinheiro e a penúria de seu bolso. Fala com desembaraço, brinca, *sorri para as senhoras*. Mas, na hora de agir, *o homem da paz*, como diz sir W. Scott, é intratável; aplica a regra da *academia* com rigor. Você está vendo bem todas as suas facetas? Tem os olhos penetrantes, as mãos aparentemente lentas, é elegante, tem boa postura, curva-se e chega a falar de Rossini, da tragédia nova etc.

Durante 15 dias tem seu cabriolé, que entrega e retoma segundo os caprichos da sorte. É o protetor da honra das senhoras; hoje em dia, só este descendente dos antigos bravos toma a defesa das damas, e está pronto para desembainhar a espada, se alguém não faz justiça a seus encantos.

No jogo, arregaça as mangas e embaralha as cartas com uma técnica, uma presciência que seduzem; olha para o sócio que, perdido na multidão dos adversários, está no campo oposto, e com um sinal lhe desvenda o jogo do inimigo.

Vive em Paris um modelo desses Philibert jovens. É muito conhecido, não vamos descrevê-lo. É o grande homem, o Catilina no gênero.

Sabe-se que gasta cem mil francos por ano e que não tem um tostão de renda. Está com cinquenta anos e continua vigoroso e elegante como um jovem. Ainda é ele quem dá o tom para a moda. Ninguém conduz tão bem um cabriolé, ninguém monta tão bem a cavalo, ninguém sabe, melhor do que ele, assumir o tom devasso de uma orgia, ou do espírito francês da antiga corte.

Apoiado por um famoso diplomata, mantido pelo jogo, pelo amor, e recebido incógnito na sociedade, supõe-se que esse Alcebíades dos gatunos deve sua ilustração aos serviços de todos os tipos que prestou a um célebre homem de Estado. Por esta razão, os velhacos da capital citam-no com orgulho! É um de seus grandes homens. Como terminará? Este é o problema, já que ainda não se pensou em criar fundos de aposentadoria para esses senhores.

Art. 1º: César foi o primeiro a escroquear sua existência.

Art. 2º: Não hesitamos em classificar a mendicância entre os diversos meios para arrancar o dinheiro alheio.

1º: Porque a maior parte dos mendigos fez do ofício de mendigar uma arte, e só nos querem comover com males falsos;

2º: Porque, assim, fazem com que nosso dinheiro passe para seu bolso, de maneira ilegítima: impõem a credulidade, a piedade, a caridade por manobras e mentiras condenáveis.

Art. 3º: Desconfie dos mendigos. O verdadeiro indigente não está nas ruas.

O aleijado corre, o cego vê perfeitamente; muitas vezes, são cúmplices em diversas escroquerias.

Um senhor dava a um paralítico um escudo: *um homem honesto* passa e grita:

— Como pode dar uma esmola a esse gatuno? Empreste-me sua bengala, verá como pode correr.

O senhor lhe estende a bengala de pomo de ouro, e o arauto dos bons costumes põe-se a bater no aleijado, que apanha seu carrinho e, recuperando as pernas, põe-se a correr perseguido pelo vingador dos costumes.

—Vá apanhá-lo! Vá apanhá-lo! — gritava o senhor. Logo os perdeu de vista, e foi o único a ser apanhado.

Esta velha história prova que devemos desconfiar dos mendigos cujas feridas são por vezes horrendas; e, com base em mais de uma informação, deviam ser proibidos de estar nas ruas. Não é natural um doente perambulando ou estendido num monte de palha. Para isso há os hospitais.

Concluindo, há mendigos ricos, às vezes muito ricos.

Art. 4º: É melhor ajudar as famílias cuja pobreza ou desgraça conhecemos, é melhor proteger órfãos abandonados do que distribuir cem francos por ano em moedas de dois tostões a mãos desconhecidas.

Art. 5º: Nunca jogue bilhar nos bares, a não ser com pessoas conhecidas.

Art. 6º: Às vezes, passeando por Paris, você é abordado por um homem bastante bem-posto, idoso, que lhe diz baixinho:

— Senhor, sou um funcionário aposentado, não tenho o que comer, vou-me atirar à água...

Passe rapidamente. Verá depois por que razões é necessário acelerar o passo.

Art. 7º: No jogo, com quem quer que esteja jogando, quando é sua vez de cortar, tenha sempre cuidado em *destruir a ponte*.

A ponte é aquela leve solução de continuidade que você pode observar nas cartas quando, depois de embaralhadas, foram separadas em dois maços bem distintos que se tocam nas extremidades. Se você não reunir esses dois tomos em um só volume, vai cortar infalivelmente nessa solução de continuidade sutilmente preparada. E, claro, o rei não vai sair para você.

Art. 8º: Fuja desabaladamente das mulheres que gostam de presentes, que falam do *sentimento que você tem por elas*! Do coração! Esse precioso coração! Gostam de tudo em você!... O que haverá por trás?

Fuja também das mulheres que têm a mania de lhe dar presentes: em dez recebidos, a decência não manda que se retribua um? E, por vezes, dar um por cada dez recebidos é muito.

Art. 9º: Há homens capazes de roubar de você suas boas ideias, suas melhores invenções, suas descobertas: é uma das escroquerias mais frequentes.

Quando encontrar uma mina fecunda, trate de conter a vaidade de contar a descoberta aos outros.

Se está entre autores, então, pior!... logo eles, que compram ideias.

Entre fabricantes, mais discrição ainda.

Art. 10º: Você está vendo, no café de Foi, esse bravo militar que tem uma cicatriz? Ele tem uma condecoração.

É o mais intrépido dos franceses; esteve em todas as guerras, tem boas maneiras, fala com entusiasmo, acaricia o bigode, diz "rapaz!" com uma voz profunda que anuncia cem anos de vida; examine-o bem. As mãos são brancas bem como os dentes, sobre cada dedo um buquê de pelos, a pele bronzeada, cabelos negros como ébano; botas bem engraxadas, traje azul impecável.

Mais tarde, você vai encontrá-lo no Théâtre-Français, com uma senhora de quarenta ou cinquenta anos, viúva, sem filhos, com cerca de sete, oito, dez, 12, por vezes até vinte mil libras de renda, a quem faz a corte, dá alguns presentes, e com quem acabará por se casar.

Moral

Os sábios médicos que escreveram *de aetate critica mulierum* esqueceram-se de uma doença cujos sintomas são:

Um oficial de bigode, reformado, amante das mulheres, do dinheiro e do jogo, e cujos hábitos contrastam de tal maneira com os *do sujeito* que este acaba por sucumbir e entregar-lhe sua fortuna.

Art. 11º: *O jovem honesto e inteligente ou os inconvenientes do casamento. Melodrama em três atos, de que participam pais e mães.*

Ato I

Entra em cena um jovem: vai todos os dias à repartição, é um rapaz bonito, muito elegante.

Seus pais são burgueses honrados, aposentados do comércio; são proprietários de uma boa casa, onde moram e estão felizes vendo que o filho segue um bom caminho. Ele ganha mil escudos no emprego, os pais dão-lhe outros mil, o jovem assim tem um cabriolé, e costuma levar sua mãe ou seu venerável pai ao Bois de Boulogne, ou ao teatro.

Esses bons pais estão certos de que o filho não joga; esse filho que é sua glória, em quem se espelham, e que se parece tanto com M. Crevet quanto com a madame.

Pensam em casar o filho. A cena muda: veem-se agora velhos amigos de M. Crevet que trazem a filha, Mlle. Joséphine: são bons e honrados burgueses que dão à filha como dote cem mil escudos, em dinheiro.

Ato II
Mudança de cenário

O jovem com seus pais em casa da prometida: lá haverá um balé ou coisa parecida.

Mudança de cenário. Vê-se um apartamento que não é nem a casa dos pais Crevet, nem a dos pais da prometida. O apartamento é esplêndido, a mesa está posta; uma jovem elegantemente vestida espera; é bonita, pele clara, olhos vivos, lábios rubros; olha pela janela.

Nosso jovem entra, está contente, muito contente, vai ao teatro com ela, enfim, estão felizes. (Detalhe que só o espectador conhece.)

Um acontecimento, que você tem de imaginar, faz com que a jovem venha a saber que seu amante vai casar-se. Terror! Efeitos dramáticos; acusações, cenas enternecedoras, cenas comovedoras.

— Tu vais me abandonar, meu querido amor, tu, a quem amo tanto.
— Não, nunca!
— É verdade?
— Sim!
Mas onde ir buscar dinheiro?

Ato III
(A cena se passa na casa da mãe da prometida)

Casamento do jovem com Mlle. Joséphine. Há um baile (o segundo balé), todos se divertem, riem. À meia-noite procuram o noivo: levou os cem mil escudos, fugiu com a mulher do segundo ato e abandonou a prometida. Calam-se; mas a vingança alcançará os culpados; darão cabo aos cem mil escudos e estarão perdidos.

Pais e mães, que fazer diante de tamanha escroqueria! Como se garantir! É mais um golpe do baú. São raros, mas caem sobre uma família como granizo.

Art. 12º: Ao apresentar para pagamento um título comercial, não se separe dele, é uma máxima conhecida.

Em 18..., um negociante tomou um título, virou-se para a registradora e, depois de o haver engolido, negou que lhe tivesse sido apresentado.

Esta cena se passou na Inglaterra. A soma era considerável. O comerciante dirigia a casa Saint-Hubert e Will. O rapaz que apresentou o título para pagamento pertencia à casa Mac-Fin. Os dois banqueiros eram ricos, honrados e gozavam de uma reputação de lealdade.

O caso foi a julgamento sumário, devido à urgência.

O tribunal ordenou que um boticário, após prestar juramento, lançasse, pelas vias ordinárias, uma coluna de água sobre o bilhete.

O culpado recorreu da sentença. Suas conclusões diziam: que o tribunal não havia baseado a decisão na legislação; que a introdução de um objeto qualquer pelas vias ordinárias era um suplício; que ele, Saint-Hubert, garantia — com fundamento legal — que o uso da empalação nunca havia sido adotado na Inglaterra; que, além disso, sofria de hemorroidas e que haveria um risco de atentar contra sua vida ou causar-lhe uma fístula; e que, finalmente, o tribunal não tinha esse direito sobre os súditos de Sua Majestade Britânica.

Recorreu-se com urgência a outro tribunal, que, dando razão ao acusado, determinou que o boticário não faria o que lhe fora determinado, mas que M. Saint-Hubert seria isolado e alimentado até que ocorresse a evacuação do título.

A casa Mac-Fin apresentou imediatamente o laudo de uma conferência médica, que afirmava que o papel, não sendo digerível, permanecia *in natura*, como outras substâncias, e podia ficar por muito tempo no corpo.

O acusado, por sua vez, contestou o julgamento, alegando que não tinham competência para prendê-lo, que essa detenção prejudicaria seus negócios; que, além disso, sofria de prisão de ventre, e que era possível que o detivessem por 15 ou 16 dias, e que só ao cabo de um mês obtivessem a prova de sua inocência. Pedia indenização por perdas e danos, em caso de detenção.

O tribunal manteve a sentença.

Nova contestação por parte da casa Saint-Hubert e Will, solicitando que fosse fixado o tempo da detenção.

A casa Mac-Fin, numa petição, pediu pelo menos três evacuações.

O julgamento concedeu duas evacuações.

Não se chegou a um acordo sobre os peritos; houve ainda dois julgamentos, um para admitir dois químicos para decompor as matérias e dois médicos para avaliar o estado dos intestinos; outro que admitiu dois peritos tabeliães para certificar as assinaturas.

O réu pediu que o deixassem ver sua mulher.

Lady Saint-Hubert apresentou simultaneamente uma petição solicitando que não a privassem de seu marido.

A parte contrária não aceitou. Foi dada uma sentença de acordo com as conclusões da casa Mac-Fin.

Lady Saint-Hubert atacou os juízes diante de uma corte soberana, argumentando que nenhuma lei lhe conferia o poder de dissolver um casamento. Decisão soberana que lhe deu ganho de causa, mas que permitiu apenas a coabitação do culpado e de sua mulher.

Nessa altura, ambas as partes tiveram mais cerca de trezentas libras esterlinas de gastos.

A parte contrária pleiteou que fosse administrado ao acusado um vomitório.

O réu contestou que queriam destruir-lhe a saúde; que o vomitório não faria nenhum efeito porque havia muito tempo que a digestão se tinha processado.

Sir Saint-Hubert apelou a todas as formas de processo. Então, tendo em vista a irregularidade, o tribunal deu uma sentença de acordo com suas próprias conclusões, isto é, estabeleceu que o banqueiro teria a seu lado dois guardas, durante um mês, que deveriam segui-lo onde quer que fosse e examinar o estado de sua roupa.

Essa decisão prevenia todas as hipóteses; estava contida em apenas 38 páginas de minutas. Em Londres não se falava de outra coisa.

O banco Mac-Fin e companhia esperava uma diarreia: Saint-Hubert continuou com prisão de ventre.

Após 17 dias de argumentações e vigilância ao banqueiro, este teve uma evacuação abundante. Análise do material: o título não estava no meio das fezes.

Londres esperou a segunda evacuação com impaciência: nada foi encontrado.

A casa Mac-Fin e companhia pediu exibição dos registros e exibiu os seus. O título deveria vencer num determinado dia e ser negociado num outro. M. Saint-Hubert, apresentando seus livros, mostrou que o título deveria vencer no dia indicado, mas que o havia pago.

Foi-lhe pedido que o apresentasse, alegou que a prática em seu estabelecimento era queimar os títulos quitados.

Este caso polarizou a atenção de Londres durante dois meses; e de tal maneira que os leitores de jornais afirmaram que era um golpe de M. Pitt, que assim desviava a atenção do público de certa operação financeira que lhe rendera dez milhões. A casa Mac-Fin perdeu o título, que era de duas mil libras esterlinas, e os gastos elevaram-se a trinta mil francos.

A casa Mac-Fin declarou que, por dedicação, Lady Saint-Hubert havia roubado dos guardas as fezes do marido; e, durante 15 dias, o público londrino divertiu-se imaginando os meios empregados pela dedicada senhora.

Terá sido um caso de escroqueria simples ou dupla?

Art. 13º: Bela escroqueria foi aquela de que foi vítima Mlle. A..., jovem artista de um teatro de variedades. Certa manhã, acordou para despedir-se de um jovem desmiolado, como muitos, que, a peso de ouro, havia ajudado Mlle. A... a dormir. Esse filho pródigo se levanta, põe sobre um móvel precioso para o amor duas notas bancárias.

O rapaz sai; a jovem fica triste; e, vendo as duas notas, percebe que o roubou. Quando se dá conta do erro, o jovem desconhecido já está longe.

Havia deixado dois títulos do dentista Désirabode.

Esta história tem sua moral.

Art. 14º: Você casa sua filha com um homem honrado.
Ele jurou que não deve nem um tostão a ninguém.
Quinze dias depois, o dote já desapareceu.
Daí o seguinte aforismo: "Mães, não tenham muita pressa de casar suas filhas." Um dia publicaremos *a arte de tomar informações*.

Art. 15º: Nunca confie a ninguém, não envie a ninguém, nunca deixe em qualquer lugar um título quitado.
Medite sobre o caso Roumage.

Art. 16º: Eis uma escroqueria permanente, terrível e que, infelizmente, recai sobre a classe baixa, que não lerá este livro:
Você já terá visto, pelos muros de Paris, esses pequenos quadrados de papel branco, cercados de negro, fixados ali não se sabe bem como.
Esses cartazes anunciam sempre que na rue de la Huchette, rue de la Tixéranderie, rue de la Haumerie, rue du Cadran há uma casa honesta que providencia emprego para criados, porteiros, libera cautelas da Caixa de Penhores etc.
Desejosos de denunciar a velhacaria desses negociantes de crédito, que vendem tão caro suas mentiras, fomos visitar um desses *honoráveis estabelecimentos*.
Imagine uma ruela escura, uma escada cujos degraus estão tão carregados de terra já endurecida que, se retirada, daria para um aterro de seis pés de altura por três de largura numa vala de primeira classe.
Abre-se uma porta de taramela e nos vemos diante de um homem, cabelos desgrenhados, mãos sujas, sentado diante de uma mesa que parece uma daquelas dos funcionários das salas de espera das estações.
Quando um infeliz chega a Paris para conseguir emprego, vai a esse lugar, seduzido pelos cartazes que desonram os monumentos públicos. Abre-se um registro, são anotados nome, sobrenome, endereço, algumas pequenas informações; e o *material empregável* paga um escudo por mês, 36 francos por ano.
Esses homens vivem de enganar patrões e empregados. Aos primeiros prometem a fina flor dos criados; aos segundos, mundos e fundos; matam dois coelhos com uma só cajadada e atraem para Paris, com seus anúncios, pobres infelizes que abandonam sua cidade e um trabalho

honesto para tornarem-se criminosos, quando se veem sem tostão durante meses inteiros, nas ruas de Paris.

Se esses estabelecimentos fossem orientados para um objetivo útil, seriam dignos de apoio; mas, em trinta escritórios do gênero, há no máximo um ou dois quase irrepreensíveis.

Quando se trata de liberar cautelas de penhor, é um roubo, uma gatunagem difícil de se imaginar.

A Caixa de Penhores empresta a mais de 12% (ver o artigo das Casas de Penhores nos ofícios privilegiados). Percebe-se que a oferta de quitação é mais uma maneira de aumentar legalmente a agiotagem.

Mas os honrados diretores desses estabelecimentos, se consultados, nos explanarão mil razões que justificam esse comércio! Que oradores!

Art. 17º: Um jovem muito bem-posto faz-se anunciar em casa de Mlle. B..., artista do primeiro Théâtre-Français; seu *début* junto à interessante *dona* consiste em três notas de mil francos postas sobre a lareira.

É muito bem recebido: a moça o acha encantador. Quantas coisas têm a dizer um ao outro!

Em seguida, o rapaz, assumindo um ar sério, tira do bolso um recibo feito em papel timbrado e pede à moça que o assine.

— Mas por que quer que eu lhe dê um recibo? — diz ela sorrindo.

— Senhorita, trago-lhe, da parte do tabelião M.P..., parte da renda que lhe foi constituída pelo senhor conde de...

Pobres atrizes!... Que escreventes infames!...

Art. 18º: Esta é para o crédulo, pois cada um deve ser um pouco.

Nas festas campestres, nas próprias ruas de Paris, você verá pessoas que, num chapéu, ou sobre uma tábua montada num cavalete, lançam uma isca aos que passam: são jogos de azar amplamente concebidos que, com alguma habilidade, há sempre espectadores que jogam e ganham. Por mais que falem à sua imaginação, nunca arrisque nem um centavo.

Art. 19º: Se por acaso este livro chegar às cidades do interior — onde, diga-se de passagem, deveria ser lido com cuidado —, que os provincianos se convençam de que, em Paris, ninguém acredita que haja pessoas suficientemente tolas para comprar esses remédios oferecidos pelos charlatães. No entanto, potes, frascos, grãos, gotas, elixires, remédios que curam e cinquenta composições semelhantes são vendidos aos montes. E, algumas vezes, há em Paris jovens que se agarram às promessas feitas por cartazes onde o nome de Vênus é indignamente comprometido, pois a encantadora deusa tinha horror de Apolo.

Art. 20º: Quando um jornalista vende seus elogios, é uma escroqueria flagrante, pois, por mais célebre que seja, cem linhas não valem cem tostões.

Art. 21º: Nas avenidas, há dois tipos que todo mundo conhece. Um arrasta-se com duas muletas, o pé esquerdo enfaixado; seu pé dói tanto como o pé do leitor. Recentemente casou a filha e lhe deu oitenta mil francos de dote.
O outro caminha lento, está bastante bem-vestido e lhe diz com altivez:
— Peço esmolas!
Comprou terras em Provença. Eis o escolhido.

Art. 22º: Certa manhã, um pintor e um carpinteiro, depois de muito trabalho, afinal colocaram uma enorme placa por cima de uma porta, num subúrbio; em letras de um pé de altura e seis polegadas de largura, lia-se: *Depósito dos veludos de Nerville.*
No primeiro andar, a casa Bonnet e companhia tinha instalações excelentes, escritórios, caixa, loja, e a pequena tabuleta negra: *Feche a porta, por favor.*
O caixa estava cercado de livros e protegido por uma grade decorada com tafetá verde; enfim, tudo estava em ordem e o depósito dos veludos de Nerville podia concorrer com os banqueiros de Paris no que diz respeito aos acessórios de uma casa de comércio.
A dois passos da casa comercial, um honrado merceeiro vendia tranquilamente o açúcar e o café que todo o bairro consumia; era rico e cunhado de um célebre alfaiate do Palais-Royal.
O merceeiro observava o ir e vir dos donos do depósito num magnífico cabriolé e os empregados que, todas as manhãs, levavam ou traziam os sacos de dinheiro.
Um jovem caixeiro da casa ia todas as manhãs tomar café em frente à loja do merceeiro: este, levado pela curiosidade, interrogou-o sobre a casa comercial. O jovem resistiu um pouco, mas terminou por lhe

contar que a casa mandava fabricar veludos de seda a 75% menos do que o preço da praça; e que, vendendo pela metade do preço cobrado pelos outros, ainda ganhava 100%.

O merceeiro corre à procura do cunhado, conta-lhe tudo o que sabe e tudo o que não sabe sobre a casa de comércio, fala do veludo.

O alfaiate chega num cabriolé que quase se choca com o do homem dos veludos. Sobem juntos. O alfaiate explica a razão de sua visita. Pedem-lhe que se identifique, pois só negociam à vista e com atacadistas etc. Discutem sobre o preço dos veludos: finalmente, recusam-se a vender. O alfaiate zanga-se, quer o tecido, mostra sua carteira cheia de notas. Acalmam-se os ânimos. O patrão diz com despreocupação:

— Mostre os veludos a este senhor — e dirige-se para o caixa.

O alfaiate acha o veludo excelente, examina cuidadosamente uma peça inteira, faz uma compra de dez mil francos, passa no caixa, recebe uma fatura quitada e, no pátio, descem do estoque as peças de veludo na sua presença.

De volta à casa, manda imediatamente que se providencie um lugar em sua loja para estocar a mercadoria.

O veludo não se faz esperar; os entregadores o deixam na alfaiataria e se vão.

Quem poderia ver nisso uma escroqueria? Quem, pelo aspecto dos escritórios, dos vendedores, do venerável caixa, do cabriolé, do merceeiro, do gerente da loja, dessa boa-fé aparente, pensaria numa armadilha? E onde ela está?

Quantas circunstâncias habilmente reunidas! Quantas conjecturas verdadeiras! Quantas pesquisas! É o que se pode chamar a alta diplomacia do roubo.

Sete ou oito dias depois, o alfaiate mandou um de seus empregados buscar uma peça do famoso veludo; porque já havia anunciado nas vitrines: *Veludo por 15 francos o metro*. Logo chega o empregado perguntando onde está o veludo!... O alfaiate sobe ao estoque e vê que o que estava armazenado eram peças de sarja com bordas de veludo.

E não me digam que a indústria não progrediu nestes últimos vinte anos.

Art. 23º: De maneira geral, fuja de tudo o que é *barato*; é necessário conhecer muito bem a mercadoria para não ser enganado. As velas de dois francos são de sebo; o tecido de 15 francos é tingido e bem penteado. No entanto, Paris está coberta de anúncios e todos os dias alguém cai no conto do vigário.

Não se esqueça de que há uma multidão de crédulos, e de que, neste mundo sujo, a metade do que se faz é pensando neles. Ora, você não é crédulo, a prova é que aprecia este livro.

Art. 24º: Um dia, na França, um escocês chamado Law pôs-se a enganar todo o reino. Law geralmente é considerado a maior figura produzida pela classe dos malandros; mas hoje os políticos confessam que é o fundador do sistema bancário e do sistema de crédito. Como se vê, há épocas em que uma escroqueria é melhor recebida do que em outras. Nos tempos atuais, o escocês seria seguramente um ministro intocável.

Art. 25º: Vamos buscar no autor de *A arte de contrair dívidas* esta máxima:

"Você está autorizado a mandar para o inferno, durante dois ou três anos, os fornecedores que pedem muito caro por suas mercadorias." Quanto ao mais, ver o artigo final, no Livro Terceiro.

Título III
Roubo com efração

Os ladrões de galinha sempre olham os arrombadores com um certo respeito. Se os ladrões simples são os bacharéis dessa faculdade, e os escroques, os licenciados, estes serão ou doutores, ou eméritos professores.

Passaram por todos os graus, conhecem todas as ciências; e, operando *in utroque jure*, nada lhes é desconhecido.

São eles que dizem, com um sorriso de desprezo, ao passar diante da polícia correcional quando veem chegar os presos:

— Não passam de ladrões de galinha!

Foi um desses que, condenado à forca por um roubo de cem mil escudos, disse a um confrade condenado por um roubo de sucata:

— Isso é apenas prego!...

Tinha um sentimento profundo de sua superioridade; e o desprezo deste professor talvez tenha sido mais cruel para seu colega do que a corda.

Se compararmos os diversos personagens deste livro com aqueles de um melodrama, o *ladrão efrator* será o bandido sem fé e sem lei, que não teme a Deus nem ao diabo, que ostenta grandes bigodes, sempre de braços nus, querendo saber *onde é o trabalho*. O escroque será o bandido de aparência honesta; e os ladrões de galinha, os tolos.

Seria difícil fazer um retrato exato do ladrão arrombador. Quase sempre vem das camadas mais baixas da sociedade e, sendo seus crimes proporcionais às suas necessidades, a humanidade estremece ao ver um infeliz consumar um roubo que o levará por dez anos aos trabalhos forçados, apenas para surrupiar uma dúzia de colheres ou uma centena de luíses.

O herói dos efratores foi aquele que, condenado a cem anos nas galeras, aos 121 anos de idade voltou tranquilamente à sua terra.

Em *Bourg*, sua cidade, no departamento de Ain, apenas reconheceu a igreja de Brou: voltava para, feliz, respirar o ar natal.

Havia vencido as leis, os grilhões, os homens, o tempo, tudo.

Era um ladrão privilegiado pela natureza.

Não encontrou mais ninguém, nem pais, nem amigos: transformou-se em um novo Epimênides.

Surpreso de caminhar em liberdade, ia pelas ruas recebendo a consideração devida aos seus cabelos brancos, e só se lembrava do crime que cometera como de um sonho perdido entre os muitos sonhos de infância.

Encontrou já morta sua posteridade; e ele, criminoso, ainda estava neste mundo, prova viva da clemência humana e divina.

Talvez tenha sentido falta dos ferros e dos grilhões. Esse patriarca dos ladrões, o modelo ideal de todos, a glória da categoria, ainda vive; muitos vão consultar-lhe a experiência centenária, outros vão visitá-lo como se fosse um monumento; é uma peregrinação sagrada, como a que se faz à Meca; todos os seus discípulos aspiram a uma vida igualmente rica, esperam triunfar como esse decano das galeras e dos homens.

Em *Ermites en Prison*, M. de Jouy narrou a história de um arrombador, o decano dos ladrões de Paris. É um tipo muito conhecido, foi alternadamente homem honrado e gatuno. Foi ele o autor deste memorável preceito: "Nunca se distraia com os escudos de seis francos ao forçar a fechadura de uma mesa de trabalho."

É muito difícil precaver-se contra os roubos que implicam arrombamentos.

É justa a lei que os penaliza duramente, e que parece dizer: "O cidadão tomou todas as medidas; dorme tranquilamente, fiando-se na chave que traz pendurada na corrente, junto com os berloques; acredita nos bons costumes e na inviolabilidade das fechaduras; e se, enquanto repousa em paz, um alucinado derruba portas, venezianas, arromba gavetas, leva tudo, esse abuso de confiança é mais hediondo do que o roubo que, cometido *in presencia*, de uma certa maneira faz surgir a ocasião ao ladrão."

Capítulo 1

O roubo com efração é um meio de adquirir a propriedade previsto pelo Código, como todos os que mencionamos até agora; este, porém, é um roubo contra o qual não temos muitas soluções a propor: a brutalidade é imprevisível. Até a arte de Lavater[2] é inútil para evitá-lo. Em contrapartida, hábeis serralheiros fabricam fechaduras de segurança, cofres que custam cem luíses, mil escudos, 12 mil francos, trinta mil francos.

Para muitos, o remédio é pior do que o mal.

Um serralheiro habilidoso inventou um dispositivo que se adapta às fechaduras, e se alguém toca na chave, uma pistola dispara, acende uma vela, e previne assim o homem honrado que dorme.

São também fabricadas venezianas metálicas e persianas de bronze que não deixam de ser interessantes. O cliente pode escolher.

Devido ao sistema atual de movimento de capitais e à legislação sobre as hipotecas, já não se guarda dinheiro em casa como antigamente, e os roubos com arrombamento tornam-se mais raros. Esses atos temerários só são praticados por certas pessoas que, devido a sua profissão, são obrigadas a ter à mão somas muito altas. Mas, em geral, os banqueiros, os negociantes, os agentes de câmbio, os notários têm cofres muito seguros.

O roubo noturno com arrombamento só constitui um problema para as pessoas que têm somas consideráveis para receber, ou que possuem um grande número de diamantes ou objetos preciosos. Para esses dois casos valem os aforismos seguintes:

Art. 1º: Nunca conte a ninguém que no dia tal terá um pagamento a fazer ou a receber.

Se tiver que trazer muito dinheiro para casa, faça-o da maneira mais discreta possível. Prefira as notas bancárias ao ouro, e o ouro à prata.

---

[2] Johann Kaspar Lavater (1741-1801), filósofo, poeta e teólogo protestante suíço, inventor da fisiognomia, ciência que estabelecia a relação entre os traços fisionômicos e os traços do temperamento das pessoas. (N. E.)

Art. 2º: Quando se possui belos diamantes, deve-se escondê-los num móvel que tenha um segredo; o móvel deve ser de preferência pesado para que não possam levá-lo.

Art. 3º: Em Paris, houve uma época em que um príncipe de sangue e seus cortesãos divertiam-se à noite roubando os que passavam nas ruas, arrombando portas, lutando com a sentinela. Essa época pode ser considerada a era heroica dos arrombadores.

Art. 4º: Que não ocorra aos negociantes, suficientemente loucos para acreditar que uma bela tabuleta os fará vender um metro a mais de tecido, deixá-la exposta durante a noite.

Art. 5º: O costume de ter carteiras de notas com fechadura e segredo é excelente.
Mas o ladrão leva a carteira.

Art. 6º: Antes da revolução, as lojas do Pont-Neuf eram cobiçadas pelos varejistas que negociavam com os objetos mais raros. Sendo o Pont-Neuf o único ponto central, os negociantes faziam fortuna rapidamente. O aluguel das pequenas lojas era de cem luíses e pertencia à Academia.

Durante a noite, a vigilância do local estava a cargo de guardas franceses, que ficavam no meio da ponte. Os negociantes, certos de que um olho atento zelava pela fechadura de suas lojas durante toda a noite, e de que um bom lampião iluminava a ponte depois de haver fechado bem sua loja, iam tranquilamente para casa. Os mais prudentes obrigavam os aprendizes a dormir no interior do estabelecimento.

Certa noite, um gatuno apresenta-se ao pelotão de guarda, pede ao chefe que empreste o lampião para que ele possa abrir sua loja, e o ajude a carregar um carro que está de partida para uma exposição no interior. Dois guardas são destacados, ajudam a abrir a porta, descer as mercadorias e embalá-las.

No dia seguinte, a verdade veio à tona e esse roubo ficou na história como um exemplo da audácia dos ladrões antes da revolução.

Art. 7º: Ao sair de um espetáculo, sobretudo se há muita gente, uma mulher que está usando joias deve tomar cuidado, principalmente com os brincos de brilhantes.

Para confirmar este aforismo, citamos o exemplo de uma senhora nobre cujos brincos foram arrancados por um ladrão, com um sangue-frio incrível. Quando gritou, os brilhantes já estavam longe, e o ladrão, imperturbável, ofereceu-se para fazer um curativo na orelha, reclamando contra a polícia que não cumpria com seu dever.

Para nós, isso é um roubo com efração.

O gatuno que ajudou a senhora e se condoeu de sua situação era o pseudoconde de... Ele se ofereceu para encontrar o brinco; e, para facilitar a busca, tomou emprestado o outro.

Art. 8º: Na Inglaterra, é punido com prisão e uma multa avantajada o beijo que um rapaz rouba de uma jovem menor de 18 anos.

Não sabemos se os legisladores consideram esse caso como roubo com efração. Na França, esse delito está fora do alcance das leis.

O último exemplo de aplicação da lei inglesa ocorreu em Londres, em 1824.

Art. 9º: Eis a opinião do grande Frederico sobre um roubo com efração, para o qual solicitam-se, neste momento, novas penas.

Um soldado, vendo belos diamantes adornando uma Madona, rouba-os. Acusado, é condenado à morte. Pede para falar com o rei, e seu desejo é satisfeito.

— Senhor — diz ele —, os católicos creem que a Virgem pode fazer milagres, e é verdade: ao entrar na igreja, a Madona fez-me um sinal; aproximei-me, e ela disse que levasse os diamantes porque eu era um militar em situação desesperadora.

Frederico II reuniu os doutores para saber se a Santa Virgem tinha o poder de fazer milagres. Obtendo uma resposta afirmativa, concedeu ao soldado graça total. Mas uma ordem do dia advertiu as tropas para que não aceitassem nada da Virgem ou de outros santos, sob pena de morte.

Art. 10º: O roubo com efração mais terrível que se conhece foi o do duque de Anjou, que, quando morreu Carlos V, mandou torturar

Savoisy; baseado em confissões arrancadas à força de suplícios, arrombou os cofres do castelo de Melun e roubou 17 milhões economizados por Carlos, o Sábio, seu irmão. Hoje, esses 17 milhões valeriam vinte vezes mais.

Art. 11º: Uma das maiores façanhas dos ladrões efratores ocorreu recentemente no Boulevard Montmartre, em frente ao Teatro de Variedades: fizeram a mudança de uma loja de roupas nas barbas dos policiais de serviço diante do teatro.

Art. 12º: Nas viagens de diligências, às vezes, durante a noite, um homem sobe no carro e arromba as malas, pacotes etc.
1º: Um homem *comme il faut* leva o mínimo possível de volumes quando viaja.
2º: (Ver o Art. 15º do Capítulo 1, Título I, sobre aqueles que cochilam nas diligências.)
3º: Quando temos malas muito volumosas, devemos mandá-las com antecedência, pelo serviço que garanta o seu valor.
As transportadoras dão a mesma garantia: mas, chega-se a um acordo sobre o valor? Cada parte não alega sempre ter perdido muito? As transportadoras respondem em teoria, mas nunca na prática, pelos objetos que os viajantes levam com eles.

Art. 13º: Os roubos no interior das casas são quase sempre cometidos com efração.
Sobre este ponto, releia os Art. 1º, 4º, 8º, 9º, 11º e sobretudo o 19º do Capítulo 2, Título I, sobre os criados. Eles podem ser mais ou menos cúmplices desses roubos.

Art. 14º: Muitas pessoas honradas mandam instalar, na porta de casa, uma barra de ferro que atravessa a porta de um lado a outro, pela parte de dentro. Este método é bom; mas nunca se deve fazer nada pela metade: é necessário proteger da mesma forma as janelas, ou mandar instalar venezianas duplas de metal.

Art. 15º: Disse-nos um avarento muito distinto que sempre se devia pôr um alçapão nas lareiras, e não regatear ao fazer essa despesa útil, porque é surpreendente que os ladrões ainda não tenham tido a ideia de introduzir-se pelas chaminés.

Sendo esta uma observação judiciosa, nós a deixamos registrada para que possa beneficiar às pessoas honradas que mantêm dinheiro em casa.

O alçapão tem ainda outra vantagem: acaba com o perigo de fogo na lareira, bem como a multa de cinquenta francos que se devia pagar, se fosse o caso.

Art. 16º: Nada é mais útil do que deixar, durante toda a noite, uma luz forte acesa na casa.

Art. 17º: Não podemos citar exemplos, contar as histórias dos roubos consideráveis cometidos pelas prostitutas.

Basta dizer que há, em Paris, trinta mil delas!... Santo Deus! trinta mil!...

Resumo do Livro Primeiro

As pessoas honestas, horrorizadas com esse quadro moral, sem dúvida gritarão:

— Que horror! que antro! Que faz o governo contra todo esse perigo? Na verdade, vinte mil escroques, dez mil ladrões de galinha, cinco mil ladrões efratores e trinta mil moças honestas que vivem às custas do que pertence aos outros fazem uma massa de setenta a oitenta mil pessoas, um pouco difícil de administrar!... Quais são os recursos de todas essas criaturas? Como se aposentam? O que acontece com elas?...

São perguntas justas e legítimas; e você está assustado com razão, e mais estaria ainda se já tivesse ultrapassado a quarta parte deste livro tão moral, tão instrutivo, aparentemente tão leve, mas, na realidade, tão profundo. Ah! você ainda vai ver muita coisa; quando terminar, estará convencido de que os ladrões de galinha e as pessoas *comme il faut* do Título II, os efratores e as mulheres do Título III não constituem o grupo que mais deve temer: quanto mais subir na escala social, mais os meios de adquirir a propriedade de outrem se tornarão sutis.

Como resposta a estas perguntas, vamos relatar o que foi feito de alguns desses profissionais aos quais dizemos adeus.

Se Paris tem uma população de oitocentas mil almas, os ladrões de galinha sendo cerca de oitenta mil, há um malandro para cada dez pessoas honestas, uma mulher de moral duvidosa para cada dez mulheres honestas.

Você vai refletir sobre esses números, é motivo de desconfiança perpétua. Inicialmente, lembre-se de que a morte exerce sobre essa classe ignorada tremendas devastações; seus costumes, hábitos, as doenças de que são vítimas, a falta de alimentação sadia, a falta de tratamento, o abuso do álcool e muitos outros fatores consomem incessantemente essa casta de Párias: a morte os dizima. Tanto esse tipo de gente quanto as obscuras amantes — pois os extremos se tocam — vivem um ano em um dia.

Além disso, a polícia parisiense necessita sempre de agentes secretos que conheçam bem as astúcias dos ladrões, suas maneiras de ser; que possam interpretar o tom, a postura, a linguagem; necessita de assassinos profissionais que tenham uma espécie de ciência infusa da vida, para juntar-se ao grupo dos ladrões que atuam nas estradas, descobri-los, desempenhar qualquer papel em qualquer circunstância. Este exército, cujo general é o senhor Vidoch, pode passar pelos *Invalides* dos ladrões.

Eles estão numa esfera que lhes agrada; novos Janos, continuam honestos por um lado, malandros por outro, às vezes exercem seu novo ofício e estão, ao mesmo tempo, protegidos da justiça.

Esses agentes desconhecidos formam um mundo à parte, que ninguém conseguirá descrever, a não ser que M. Vidoch publique suas memórias.

Este mundo é um dos principais asilos dos ladrões, aquele que mais cobiçam.

E não é tudo. Os políticos não inventaram os trabalhos forçados, as casas de detenção etc., pelo simples prazer de aplicar os artigos do Código; para nós, as galeras e a detenção são prítanes dos ladrões de galinha.

No reino de Carlos VI, veio para a França um certo cardeal Vinchester, que mandou construir um magnífico castelo perto de Paris. Você não vê que relação pode existir entre um cardeal inglês e os gatunos? Pois bem, nem por isso deixa de ser verdade que acabaram por roubar-lhe o castelo para transformá-lo numa de suas casas de campo; Bicêtre (corruptela de Vinchester) é um reservatório onde ainda vivem milhões de mendigos, como peixes dentro d'água.

Você já terá visto essas pobres mulheres que vendem bilhetes de loteria que, com um gancho venerável, catam trapos velhos; esses homens que, envoltos em um pano negro, encarregam-se de chorar nos enterros; enfim, os trapeiros, os que procuram algo nas latas de lixo, os varredores, homens e mulheres que vendem frutas já passadas, anunciam as paradas, vão pelas ruas sobre pernas de pau, tocam corneta, vendem água-de-colônia, praticam o charlatanismo nas praças públicas, engolem espadas, guardam lugar para revendê-lo aos curiosos quando há algum espetáculo nas ruas.

Se os viu, será que teve a coragem de questionar esses rostos tenebrosos para encontrar a verdade? Teria descoberto que a morte rápida, o Bicêtre, a polícia, as prisões, os trabalhos forçados e essas profissões terríveis que você ignora formam a verdadeira caixa de amortização que bombeia, por mil canais secretos, esse terrível exército de cem mil malandros: mas tal é a constituição da sociedade, tal é o vigor da miséria e a fraqueza da opulência que o infortúnio escolhe sempre cem mil indivíduos — dos oitocentos mil que compõem a população parisiense — para condená-los à infelicidade. Nenhum sistema de governo pode impedir essa terrível flutuação, e o único país que conseguiu foi, há muito tempo, a Holanda, através de um comércio imenso.

Você vai estremecer de horror se for interrogar uma mulher de olhos injetados, rosto assustador, vestida de trapos que mal lhe cobrem o corpo, que se esgarçam sob o peso da lama. Os pés tocam tanto o chão quanto o que resta de sola dos sapatos, o sorriso de dentes negros é infernal, a cabeleira cinzenta cai em longas mechas, a voz é rouca, as mãos escuras.

Já teve seus áureos dias, foi uma das belas mulheres de Paris, esse pé já foi delicado, calçado de seda ou repousando sobre o edredom; tinha um carro esplêndido, talheres de *vermeil*, conversava com príncipes, seu sorriso custava caro, seus dentes faziam pensar num beijo, sua cabeleira flutuava ondulante, sua voz era divina, tinha criados, desdenhava os pratos mais delicados.

Hoje, bebe aguardente! Pretender descrever todos os matizes imperceptíveis de sua decadência seria escrever um livro inteiro, e que livro!...

A poucos passos da mulher, você verá um varredor tão bem caracterizado por Charlet que é inútil tentar descrevê-lo: esse varredor já foi um *fashionable*, um *dandy*, um pequeno rei de sua época; sobre as rodas de seu carro elegante já percorreu velozmente o chão que agora varre, e seu olhar acompanha uma carruagem como os olhos de um condenado contemplariam o paraíso.

É doloroso forçar um homem honesto, um homem *comme il faut*, pessoas de bom-tom ou jovens amantes a observar esses quadros; mas não deixam de ser úteis. É a estopa queimada no advento do santo padre... *Sic transit gloria mundi.* O que quer dizer: "Pensem no futuro."

Há pessoas incapazes de imaginar que, a duas mil léguas de distância, há pessoas selvagens, e não veem aqueles que os cercam, com quem se acotovelam no coração de Paris.

Livro Segundo
Das contribuições voluntárias forçadas angariadas nos salões pelas pessoas de sociedade

As classes honestas não vão gostar de ser o contraponto dos profissionais que figuram no Livro Primeiro. Que crime abominável fazê-las contrastar assim, utilizá-las como matizes para ir da arraia-miúda aos grandes ladrões do Livro Terceiro! Insulto imperdoável! Mas todo mundo não tem de passar pela malha fina? E já que os reis absolutos e seus empréstimos, os governos constitucionais e suas dívidas intermináveis serão examinados como no dia do Juízo Final, não vemos por que as pessoas *comme il faut* não seriam passadas em revista diante da opinião pública.

Este livro é pois consagrado inteiramente a essas industriosidades de bom-tom que, embora muito em uso no *beau monde*, não deixam de ser traiçoeiras para o bolso. Essas belas maneiras de tirar nosso dinheiro, por mais graciosas, gentis e leais que sejam, não deixam de ser mil vezes mais perigosas para nosso patrimônio do que as manobras infames descritas no Livro Primeiro. Seja por um golpe de bastão, seja pela espada de esgrima, civil, polida, a morte é a mesma!

É tão difícil classificar esses impostos indiretos, angariados por gente de bem, que decidimos expô-los sem nenhuma nomenclatura. Na verdade, essa roubalheira de bom-tom é indefinível; é um fluido que escapa à análise.

É uma má ação? Não. É uma escroqueria? Não. Menos ainda um roubo. Mas é tão perfeitamente leal... Cada facada que nos dão é, como tudo o que se faz na França, envolta em tudo o que o espírito, a delicadeza e a humanidade têm de mais sedutor; sem o que, seria ridícula, e o ridículo é abominável; mas o apelo feito ao nosso bolso tem sempre uma forma tal que a consciência violentada protesta sorrindo. Enfim, essa indústria tão difícil de classificar e definir está de tal maneira no limite que separa o justo do injusto, que os mais hábeis casuístas não a podem pôr nem de um lado nem de outro.

Ao situar esses mestiços no Livro Segundo, nós os pusemos entre as grandes indústrias e os ladrões de galinha. É como um terreno neutro que convém a essas pessoas honradas, e essa classificação é uma verdadeira homenagem prestada aos costumes franceses e à superioridade da boa companhia.

Um homem honesto deve estar sempre atento e em guarda, pois os camaleões, cujas cores e formas tentaremos captar, apresentam-se sob seu melhor aspecto. São amigos, parentes e até — o que é sagrado em Paris — *conhecidos*. Atores desse pequeno drama, golpeiam diretamente no coração, comovem a sensibilidade, os sentidos, deixam o amor-próprio imerso em cruel perplexidade, e sempre acabam por vencer as mais heroicas resoluções.

Para proteger-se contra essa chuva de pedidos legítimos, lembre-se sempre de que o egoísmo tornou-se uma paixão, uma virtude nos homens; que poucas almas dele estão isentas, e que se pode apostar cem contra um que vocês são vítimas, vocês e seu bolso, dessas belas invenções, dessas efusões de generosidade, desses complôs honestos a que somos inclinados a pagar tributo.

Lembre-se sempre desta frase incisiva de um pensador: "Meu amigo, não há amigos."

Aqui não propomos tipos; cada artigo será um retrato fiel, um novo rosto, e o leitor poderá nele reconhecer um bom número de misérias cotidianas da vida.

Art. 1º: Seu criado chega esbaforido.

— Senhor, estão aqui duas senhoras, uma é condessa, a outra é marquesa; querem falar com o senhor.

— São jovens?

— Sim, bastante jovens.

— Bonitas?

— Sim, senhor!

— Mande entrar.

Seu rosto adquire um ar amável, você se olha no espelho, passa os dedos pelos cabelos, arranja uma mecha rebelde, enfim, assume uma postura... aquela postura, sabe?

Infeliz, só pensa em coisas boas, não pensa no dinheiro, no dinheiro negociado, nessas moedas redondas acometidas por tantas doenças: os orçamentos, os amigos, o jogo, os impostos; não, você não pensa nisso.

As senhoras entram, são jovens, belas, nobres, encantadoras; e mais, os sapatinhos estão maltratados. De repente, seu rosto torna-se frio; você assume um ar severo, descontente, já não ousa olhar as senhoras.

Ah! Você viu a bolsa de veludo vermelho e as argolas de ouro, e ouve a frase conhecida há dez anos:

— Senhor, esperamos que sua bondade, seu espírito cristão não torne infrutífera esta visita em favor dos seminários...

E as senhoras estendem a bolsa, terrível argumento *ad hominem*. Através do tom suplicante, você pode perceber que estão habituadas a comandar.

Há aqueles que se defendem dizendo que o clero ficou rico, enquanto eles são pobres... Péssima estratégia!

Há católicos que se atrevem a declarar que são protestantes para ganhar cem tostões! A mentira em nome do dinheiro é mais do que um pecado.

Após haver consultado muitos casuístas, estamos seguros de que a frase que vamos transcrever não tem nada de condenável; é o porto onde se refugiam muitas pessoas honestas; é a garantia de que as boas senhoras não voltarão.

Imperturbável, você deve responder:

— Senhoras, estou feliz porque um motivo tão justo permitiu-me cumprimentá-las; mas pertenço a outra religião e, como imaginam, temos também nossos pobres.

Comunhão

A palavra comunhão significa diocese, paróquia, reunião de fiéis, como significa a confissão de Augsbourg, o protestantismo etc.

Tendo essa declaração vindo de respeitáveis jesuítas, que pensam que, para mais segurança, podemos fazer *uma pequena restrição mental*, podemos segui-la; tira-nos honrosamente de uma situação difícil, sobretudo se somos absolutamente corteses com as senhoras.

Art. 2º: Quando ganhar no jogo, não deixe que ninguém saiba. Se lhe perguntarem diretamente: "Está ganhando?", abrigue-se por atrás de uma dessas frases que não dizem nada.

Não há sempre por perto um amigo íntimo que está perdendo todo o seu dinheiro? E a devolução é tão lenta, conseguida a tão duras penas: a memória é tão curta e a vida tão longa...

Eis algumas respostas que se costuma dar:
Não consigo nada;
Nem perco nem ganho;
Estou no mesmo ponto em que comecei.

Há quem leve a precaução mais longe: "Estou perdendo." Este recurso só deve ser usado quando se está diante de um desses homens imorais, verdadeiras sanguessugas de um bolso benevolente.

Várias pessoas prudentes contentam-se em fazer uma careta, adotar uma expressão que deixa o curioso sem saber a que se ater. Nós inclinamos por esta última solução: nunca compromete e pode significar tudo.

Art. 3º: O que vem a seguir é praticamente uma extensão do artigo anterior.

Você, um jovem que dá seus primeiros passos na sociedade, quando se trata de jogo, retenha bem o princípio que vamos tentar gravar em sua memória.

Ao entrar num salão onde uma velha tia, ou seu respeitável avô, ou seu tio... (você conhece esse velho tio de peruca, que só fala do Parlamento Maupeou, do qual era conselheiro, e do exílio que isso lhe valeu?), mas voltando ao que eu dizia, quando algum de seus parentes o levar a um salão para apresentá-lo à sociedade, você verá, talvez, uma fileira de ilustres senhoras e senhores de idade.

Não ria, estaria perdido; ao contrário, seja extremamente amável, sobretudo com as mais velhas; concorde sempre com elas, seja galante e louve o ano de 1750, pois não deve esquecer que essas senhoras têm filhas de quarenta anos e netas de 18. E, um belo dia, vai se surpreender ao ouvir dizer em todas as rodas que você é um rapaz adorável.

Se quiserem atraí-lo para o jogo, não aceite, declare que não conhece nenhum jogo, se possível sorrindo.

Lembre-se:

1º: De que todas essas senhoras são do *ancien régime*, época em que ninguém tinha escrúpulos em trapacear no jogo;

2º: De que elas conhecem bem o bóston, o uíste, o perde-ganha, como nós conhecemos o carteado, e que você perderia sempre;

3º: De que você lhes proporcionaria uma renda de cinco ou dez francos por semana, e que, no dia em que aprendesse o jogo, deixaria de ser um rapaz adorável.

Guarde bem isto, é muito importante: essas velhas senhoras passam seu tempo falando, e são elas que fazem nossa reputação.

Art. 4º: Se você é conhecido como uma pessoa rica, sempre lhe será difícil evitar uma de suas parentas, cujas características são as seguintes:

É uma mulher de idade incerta e, sem ter grande fortuna, só sonha em fazer caridade. Na falta de um mantô, teria dado nem sei o que aos pobres.

Invariavelmente, ela acaba de conhecer um pobre homem ou uma pobre mulher.

Em se tratando de uma pobre mulher: tem filhos para alimentar e não possui nada; acaba de dar à luz num palheiro; ou então está doente, não tem o que comer etc.

Em se tratando de um homem: viu sua fazenda pegar fogo; caiu do alto de um andaime; é pai de dois, três, quatro, cinco e por vezes seis crianças, e não tem um tostão.

Depois de contar a história, a mulher acrescenta: "Já consegui duzentos francos com a família e com pessoas conhecidas etc."

Nunca lhe dirá quanto lhes deu, mais vai implorar para que você ajude a aumentar o tesouro de seus indigentes.

Não se esqueça de que a verdadeira caridade é anônima e silenciosa: dá diretamente, sem alarde, e o reconhecimento a deixa constrangida.

Ergo, acompanhe a velha parenta até a porta. É uma operação difícil, pois essas senhoras são astutas, têm muita experiência e uma língua afiada e perigosa.

Há um procedimento a seguir. Quando a velha parenta chegar, dê-lhe provas de grande amizade, trate de convencê-la de que seu dinheiro está à sua disposição, ofereça-lhe um bom jantar (todas as velhas senhoras são gulosas), receba-a muito bem; e, quando se recusar a ajudar seu protegido, você já terá garantida sua benevolência entre o reconhecimento do estômago e o medo de ofender um parente tão *amável*, e ela talvez não ouse fazer a seu respeito comentários desairosos.

Se a velha parenta é aborrecida, desagradável, deixe de vê-la por etapas; viaje sempre para o campo; mande dizer que saiu; mas, quando a encontrar, finja estar desolado: "Oh! minha querida tia, estou com saudades, mas nunca vem nos visitar."

Art. 5º: Com os parentes pobres há uma conduta a seguir e que é extremamente difícil: há que optar entre a reputação de ser um homem de coração duro ou a fama de ser um homem caridoso.

Art. 6º: Recuse, se possível, a tutela de órfãos sem fortuna que não pertencem à sua família.

No entanto, ajudar de longe, socorrer um órfão sem se dar a conhecer, tornar-se para ele uma espécie de deus, conduzir seus passos pela vida, arrancá-lo ao infortúnio é um prazer que podemos oferecer a nós mesmos como qualquer outro.

Art. 7º: Um chapéu novo custa uma soma considerável, se comparada ao que obtemos por um chapéu velho; consignamos aqui um aforismo que César teria enunciado assim também: "Nunca vá a um baile com um bom chapéu, nem mesmo se na casa de ministros."

Em 1817, um porteiro do Ministério do Interior respondeu a um homem honrado que, lá pela uma da manhã, pediu-lhe seu chapéu, esclarecendo:

— Senhor, um chapéu novo em folha... chapéus novos em folha!... Senhor, depois das onze da noite, essa espécie desaparece.

Foi essa confusão de chapéus que motivou, durante certo tempo, a moda de levá-los na mão: hábito precioso que desapareceu. Em 1824, ainda se viam alguns senhores que seguiam essa moda.

Art. 8º: Se você tem terras para vender perto de Paris, verá chegar compradores, sobretudo aos domingos; se os convida para jantar, fazem você dar vinte voltas ao redor da lavoura, do jardim, visitam a casa etc., e depois desaparecem.

Para não desperdiçar um jantar, eis o que se deve fazer:

1º: Não receba ninguém sem recomendação de seu tabelião: é a precaução principal.

2º: Se não se lembrou dessa cláusula, mostre a propriedade ao provável comprador antes do almoço.

Se o homem se declara satisfeito com tudo, se passeia simplesmente, sem examinar o que vê, admira o pomar, as plantações, acha que tudo está bem, até o preço, embora *um pouco elevado*, esteja seguro de que não se trata de um comprador; não o convide para jantar.

Art. 9º: Nunca estreite relações com presidentes ou vice-presidentes das sociedades de beneficência, Caixa Econômica, escritório de indigentes, fundos de socorro, sociedade de ajuda a prisioneiros etc.

Um jovem de boa família está preso em Sainte-Pélagie. Um amigo vai ver o credor, homem rico.

Esse amigo, pela posição que ocupa na sociedade, afasta todas as suspeitas de indiscrição; fala com convicção:

— Mas como o senhor, um homem rico, pôde mandar meu amigo para a prisão; o senhor, presidente de um comitê de caridade, aproveita-se de uma lei bárbara, que atinge os infelizes e não os criminosos?

O tranquilo e alegre negociante ouve este discurso sorrindo.

— Senhor — diz ele —, três dias de cárcere e a dívida estará paga.

— Mas é órfão e não tem amigos suficientemente ricos para...

O negociante torna a sorrir.

— O senhor não vê que o mandei prender na véspera da assembleia do comitê?

— De que comitê?

— Da libertação dos presos. Um de meus colegas pagará a dívida de seu amigo e, na primeira oportunidade, retribuirei com a mesma moeda.

Ab uno disce omnes!

Art. 10º: O Monsieur Fulano de Tal

Um homem muito amável, conhecido na sociedade, viu-se, aos quarenta anos, quase sem fortuna. Sempre está bem-vestido, elegante, amável: é o *Monsieur Fulano de Tal*. Soube conquistar uma bela posição, da maneira que descrevemos a seguir:

Você, pai de família, rico e dono de uma propriedade no campo, tem uma filha casadoira; ele lhe propõe um genro. Esse genro, que é um rapaz encantador, tem uma bela posição, uma família honrada, um nome.

Monsieur Fulano de Tal vem jantar cinco ou seis vezes para discutir o assunto com você, passa as noites, ganha no jogo, avalia sua fortuna, indaga sobre o dote. Mlle. Pamela é consultada. Está encantada com o projeto. Gosta muito desse bom *Monsieur Fulano de Tal* que se dedica a casar as jovens.

Na verdade, nada é mais sério, e a entrevista acontece no teatro: você acha que o candidato não pode ser melhor (frase consagrada). O *Monsieur Fulano de Tal* está encantado: promete trazer o jovem à sua casa; cumpre a promessa. O casamento está em andamento: há troca de informações. Pamela se entusiasma e o jovem vem sempre com seu amigo *Monsieur Fulano de Tal* à casa de campo do futuro sogro.

Depois de um tempo estipulado pelo *Monsieur Fulano de Tal*, o rapaz vê-se forçado a casar-se com uma jovem muito rica, feia, que ele não ama. O *Monsieur Fulano de Tal* se desespera; o prometido está sendo pressionado por seu pai, motivo de muitos discursos sobre a tirania paterna: mas já tem outra pessoa em vista.

Não conhecemos ninguém que não se tenha deixado enganar pelo *Monsieur Fulano de Tal*; fomos os únicos a detectar esse pequeno comércio de jantares, de lucrativas partidas de cartas. Essa profissão está disfarçada sob uma forma muito agradável, sob uma sedutora amabilidade; na verdade, o *Monsieur Fulano de Tal* é um homem amável.

As despesas do *Monsieur Fulano de Tal* limitam-se ao aluguel, ao sapateiro, ao alfaiate, e olhe lá... sabe pautar tão bem seus gastos!

Várias vezes teve a oportunidade de negociar bons casamentos; e, com que cuidado anunciou sua intervenção; declarando como são felizes as famílias que ajudou; é um tema frequente em sua conversação; volta a ele sem cessar.

Monsieur Fulano de Tal é amado estimado; talvez se aborreça porque ocultamos seu nome; é apenas generosidade.

Tudo isso se aplica igualmente à *Senhora Fulana de Tal*.

Art. 11º: Regra geral, com raras exceções: nunca faça assinaturas. Nem de livro, gravura, música, nada.

1º: Ao terminar a assinatura, você vai pagar menos caro do que os assinantes.

2º: A melhor empresa, mais garantida, pode falhar.

Art. 12º: Nunca vá de carro comprar alguma coisa, a não ser que esteja chovendo; mas, neste caso, desça um quarteirão antes.

Art. 13º: O axioma geral, e garantido, é o seguinte: "Em qualquer empresa, nunca seja simples acionista. É necessário ter sempre o direito de sentar-se à mesa com os administradores, porque a mesa de negociações representa uma bandeja de onde deve ser possível retirar sua parte, como na mesa dos comensais."

Munido deste axioma como de uma luneta, você vai descobrir a origem de uma multidão de fortunas ilegítimas.

Se você segue este ensinamento, fica em paz com sua consciência.

Art. 14º: Só entre numa tontina com um coração de bronze, um estômago de ferro, pulmões de metal, cérebro de mármore, pernas de cervo, e ainda assim!... mande forrar seus chapéus de *moiré* metálico, porque uma telha pode lhe quebrar a cabeça.

Art. 15º: Não tenha a ambição de ser coronel ou capitão da Guarda Nacional: essa honra lhe custaria pelo menos cem francos por ano em uniformes, refeições em grupo para festejar qualquer coisa, sem contar almoços e jantares fora de casa nos dias de plantão, a gratificação do tocador de tambor etc.

Evitar o imposto da guarda permanente é uma sábia atitude.

Para tanto, basta mudar de endereço a cada ano, depois de haver comunicado ao estado-maior que está de mudança para a América, pois, nesse caso, sua propriedade rural não lhe serviria de nada.

Pode também não aparecer e fazer com que um procurador prove que já tem a idade necessária para estar livre dessa guarda imortal, exibindo a certidão de nascimento do senhor seu pai.

Art. 16º: À noite, no sarau, se você ganhar no jogo, mesmo que em casa de um homem muito honrado; ou em sua casa, na manhã seguinte do dia em que recebeu seus rendimentos; enfim, sempre no momento em que tiver dinheiro nas mãos, e que não temer por seu bolso; um conhecido simpático, até um amigo, uma dessas pessoas a quem não recusamos nada porque conhecem nossa situação; mas, mais frequentemente uma senhora muito amável, simpática, espirituosa, vem lhe contar os infortúnios de um homem de sociedade:

— Sim — dizem comovidos —, *Fulano* está na miséria! Tenho tanta pena. Ah! *era* um homem corajoso e digno, não merecia essa sorte.

Você concorda com a cabeça. Na verdade, o que arrisca? Até aí, não vê nada de sinistro para seu bolso.

— Socorrê-lo é um dever de todas as pessoas de bem...

Quem não aplaudiria esta máxima cristã tão tocante, tão bela, e tão banal, que significa exatamente o contrário?

— Enfim — acrescentam —, não sei como isso foi acontecer, mas está nessa situação porque já não tem um vintém.

Aqui, você começa a farejar uma armadilha: tem pressentimentos salutares.

Então, você diz alguma coisa, o que puder encontrar de mais insignificativo. Finalmente, para escapar, finge que procura um amigo no salão.

Mas já é tarde, você está dominado, caiu no golpe, e acrescentam:

— Foi obrigado a vender:

"Um belo elzevir", se é um homem de letras;

"Um quadro", se é um pintor;

"Um belo móvel", se é um homem de sociedade;

"Uma bela porcelana", se é um jornalista;

"Um serviço de jantar", se é um artista dramático;

"Anéis", se é um grande senhor que perdeu seu prestígio.

Observe que há sempre circunstâncias interessantes: o autor obteve sucesso; o pintor esteve em Roma; o banqueiro é um tolo que não teve a presença de espírito de abrir falência; o grande senhor foi uma pessoa importante.

—Você deveria ficar com alguns bilhetes — dizem com um ar sentimental —, o preço é tão módico! Para você, é uma bagatela! Vai sair ganhando, tudo já está praticamente comprado.

— Poderia ver? — diz você friamente, pois ainda espera poder escapar desta cilada.

Você segura o bilhete, o examina de um lado e de outro. Estão olhando para você: há tanta gente presente... já não é possível devolvê-lo.

Se você chegar ao ponto de permitir que lhe ofereçam um bilhete de rifa, tem de agir com grandeza: considerar que é seu dever prestar ajuda; ou ficar apenas com um bilhete, mas assumir um ar de felicidade; pois deve pensar que, na armadilha em que caiu, há outras 89 pessoas que perderão com você cinco francos, dez francos, um napoleão, dois, três, às vezes dez.

Mas, para o futuro, lembre-se:

1º: De que o valor do objeto prometido está multiplicado por três;

2º: De que frequentemente não são vendidos suficientes bilhetes para que se realize a rifa;

3º: De que o proprietário guarda sempre a metade dos bilhetes, e que tem 45 chances contra uma;

4º: De que você nunca viu em sua vida a pessoa a quem ajuda;

5º: De que ela nunca reconhecerá seu gesto;

6º: Logo, não há nem reconhecimento nem prazer a esperar.

Conhecemos um compositor cujo piano já foi rifado sete vezes. Com este procedimento, tira 1.800 francos por ano. Mas restam-lhe apenas três bairros de Paris a explorar.

Para garantir contra as rifas, há um único meio. É necessário um grande conhecimento do sistema de Lavater e, segundo o aspecto das pessoas, inflexão de voz, gestos etc., adivinhar do que se trata a uma légua de distância.

Art. 17º: Anedota

Conhecemos um homem honrado, que tomaremos como modelo, o verdadeiro tipo de *homem prudente*.

Com muita habilidade, havia se cercado de uma couraça que o protegia contra todos os ataques que os gatunos, os governos, as pessoas *comme il faut*, a sociedade podiam fazer ao seu bolso.

Para começar, decidiu morrer solteiro. Morreu!... e o acompanhamos, ele no rabecão dos pobres, coberto com um lençol branco. Mas não morreu triste. Ah! não.

Toda sua fortuna estava investida em excelentes hipotecas que lhe davam uma bela renda vitalícia.

Assim, estava livre do imposto territorial, de empréstimos compulsórios, convocações para guerra, subvenções, contribuições etc.

Tinha posto sua vida no seguro.

Morava no mais belo hotel de Paris, ocupava um apartamento magnificamente mobiliado.

Não pagava nunca imposto predial, pessoal etc., e estava isento da Guarda Nacional e do alojamento das tropas.

Não tinha empregados.

Entendera-se com o dono de uma empresa de aluguel de carros, de maneira a que tivesse às suas ordens um carro e um lacaio.

Era convidado para as melhores mesas da cidade e não tinha de retribuir, sendo solteiro.

Jantava nos mais célebres restaurantes, *ergo* livre dos parasitas.

Se teve filhos, jamais o incomodaram, assim como suas respectivas mães, e nunca se levantou à noite para atendê-los.

Foi para debaixo da terra sem ter jamais gastado um tostão que não fosse para seu prazer: podia se comparar ao *justum et tenacem*, de Horácio.

Durante toda a vida, desfrutou de uma liberdade total, sem nenhum limite, nenhum grilhão, e viveu feliz como deve ser um homem quando goza de todos os benefícios da sociedade, sem arcar com nenhum de seus ônus.

Art. 18º: Nunca se deixe levar pela ambição e pela vaidade de ocupar postos não remunerados; e, entre todas essas honrarias, fuja das prefeituras, sobretudo a de um distrito.

1º: O prefeito em viagem vem à sua casa, é preciso hospedá-lo; no dia seguinte ele terá esquecido seu nome.

2º: Na época de sorteio para recrutamento, durante três dias o vice-prefeito será seu. Um vice-prefeito é pior do que um prefeito.

3º: Finalmente, seu distrito terá processos em fase terminal e processos em início; e qualquer problema o levará a Paris ou à comarca da região: graças ao sistema de centralização! E então, idas e vindas, viagens, jantares e estadias fora de casa, sem contar o cansaço.

4º: Você fará inimigos; e o prazer de ser o César do distrito não vai compensar nenhum desses inconvenientes.

Segundo uma avaliação correta de todas as despesas inerentes ao posto, o desembolso chega a 1.200 francos; é o equivalente ao dote de uma moça casadoira.

Art. 19º: Se dois amigos passam pela ponte das Artes, sempre há um que deixa cair uma moeda.

Nunca aposte para ver quem a encontra.

Art. 20º: Desconfie dos autores que querem dedicar-lhe um livro.

Desconfie também do autor que lhe manda uma obra sem uma dedicatória em que se leia: *Presente de um amigo*. A palavra *homenagem* não deixa de ser duvidosa: não exclui totalmente o pagamento do livro.

Art. 21º: Um bom costume é aquele em que várias pessoas honestas se ausentam em 30 de dezembro por um mês: é o tipo de filosofia que julga saudavelmente as coisas.

Art. 22º: Nunca seja padrinho a não ser de seus filhos.
Se lhe for proposto um afilhado, ou até uma bonita comadre, responda imperturbavelmente que já que a religião católica considera aos olhos de Deus o padrinho como encarregado da alma do afilhado — que se torna, assim, seu filho espiritual — isso o impede de assumir tal responsabilidade.
Esta frase está impregnada de dignidade, sabedoria, nobreza e prudência.
O mais simples dos batismos custa cem escudos a um homem honrado, sem contar o afilhado.
Sabemos, no entanto, que há circunstâncias em que somos forçados a ser padrinhos; mas trata-se de um prolongamento extraconjugal do princípio que enunciamos no início.

Art. 23º: Raramente se case sem dote; mas tenha sempre o cuidado de não se casar com toda uma família.

Art. 24º: Muitas pessoas honradas adquiriram o hábito de sair sem dinheiro; essas pessoas sábias lembram os velhos soldados, nossos antepassados, que, cobertos com uma cota de malha, só temiam os golpes de punhal.

Art. 25º: Nos dias de Todos os Santos, caminhe depressa, devido às capelinhas feitas pelas crianças.
Elas têm uma voz tão doce;
São tão bonitas;
Tão bem-vestidas;
E as meninazinhas!... as flores... Ah!
Você não se livrará por menos de cem tostões.

Art. 26º: Quando você tiver um cavalo para vender, seja prudente: aparecerá para ver o animal um jovem de botas, esporas, chicote na mão; levará seu cavalo para experimentá-lo. Não se impaciente, trará o cavalo de volta ao cabo de três horas.

Encontrará nele algum defeito; mas já terá passado no Bois de Boulogne.

Art. 27º: Depois da tolice que alguém cometeu desposando uma mulher sem dote, a coisa mais cruel consiste em contribuir com todos esses ardores patrióticos de doações, ofertas, subscrições monárquicas e patrióticas do Texas, do Champ-d'Asile, de estátuas a serem levantadas, de palmas de ouro e de espadas ao senhor general *Fulano de Tal*.

Tudo isso pode acontecer sem sua intervenção.

Quando um homem faz o bem, não tem sua consciência?

Art. 28º: Por mais que louvem nas ruas a qualidade de um impresso, nunca compre, mesmo que custe um tostão: você lerá o que ali está escrito nos jornais da tarde, tomando uma xícara de café com um amigo.

Art. 29º: *Anedota*

A arte de conseguir um cargo por meios escusos, e ao mesmo tempo vingar-se da baixeza de seu protetor, por ser o que há de mais difícil, deixaremos aqui consignado um fato que escapou ao autor de *A arte de obter cargos*.

Em 1815, quando da demissão em massa de uma multidão de funcionários, no momento em que caixas cheias de notas bancárias estavam na moda, e eram oferecidas como tabaco, um jovem, cheio de talento, injustamente destituído, foi passear em lugares frequentados por essas belas parisienses que não recusam nada em dia de pagar o aluguel.

Examinou *as senhoras* com a curiosidade de um mercador de escravos, e finalmente encontrou um modelo de beleza, de graça: belo sorriso, lábios rosados, tez nívea, dentes brancos; era perfeita. Ofereceu uma soma bastante razoável e levou a jovem para sua casa. Deveria passar por sua mulher durante cerca de 15 dias.

Veste com bonitas roupas a pseudoesposa, ensina-lhe seu papel, e vai ao encontro de um protetor poderoso, general russo ou prussiano?...

— Senhor, esta é minha mulher! — exclama.

— Ah! é sua esposa...

Oito dias depois havia recuperado seu lugar, na ponta da espada. E o general? Oh! pobre general, nem é bom falar.

Rogamos aos protetores que desconfiem dos protegidos, tanto quanto os protegidos desconfiam deles.

Art. 30º: Em sociedade, desconfie sempre desses papéis que fazem chegar às suas mãos para que você ponha seu nome.

Sempre é uma promessa de dar um luís, dez francos etc. para um concerto ou invenção semelhante. Quando a receita está garantida, os artistas sempre tocam mal, e frequentemente, depois de dado o dinheiro, o concerto ou a reunião não se realiza.

Diga simplesmente que nesse dia parte para o campo.

Nenhuma propriedade rural pode render mais do que essa — que você não possui.

Art. 31º: — Não, senhora, meus meios não me permitem... — Não, meu amigo, não sou assim tão rico...

Frases que é preciso ter a coragem de pronunciar algumas vezes, com firmeza.

Protegem contra uma noitada sem prazer, uma compra ridícula, enfim, um mundo de coisas que não trazem nem honra nem lucro.

Art. 32º: Regra geral: "Nunca deixe que percebam a verdadeira soma a que monta a sua fortuna." Medite sobre esse axioma.

Art. 33º: Tolice, logro, ingenuidade é o que ocorre ao dar dinheiro para ver antes o que se verá publicamente algum tempo depois, como quadros, afrescos, tetos pintados, cúpulas, ensaios e objetos de arte.

Art. 34º: Todos os anos surge em Paris uma nova invenção cujo objetivo é fazer passar o dinheiro de um bolso para outro, voluntariamente e sem esforço. Não se esqueça de que o zodíaco de Denderah era uma pedra negra que hoje se vê gratuitamente no museu; que o fóssil humano é igualmente uma pedra, e que sua existência seria apenas um fato para as ciências naturais, e que isso só diz respeito a M. Cuvier; que, para conhecer o túmulo de um rei egípcio, basta abrir um volume sobre antiguidade na biblioteca real; que uma múmia, um leão de mármore antigo, enfim, todas essas exposições são invenções perversas contra as quais devemos tomar precauções.

Só o que nos dá prazer merece ser visto; um bailarino célebre, um ator, uma debutante, uma festa etc.

Art. 35º: Ao imprimir um livro pela primeira vez, se você deixar que o tipo que lhe traz as provas para corrigir perceba que você está lisonjeado por ver seus pensamentos impressos, ele sabe que será recompensado. Bem; a armadilha não está aí. Uma manhã, o rapaz se apresenta à sua porta, bem-arrumadinho, amável, e vai pedir dinheiro para os linotipistas, cuja festa durará o tempo que levar a impressão de sua obra.

Art. 36º: Se, por acaso, você é nadador e frequenta as escolas de natação:
1º: Não se afogue.
2º: Não leve nada de precioso no bolso. As cabinas são seguras? Sim, todos sabem. Os habituês são todos pessoas honestas. Mais uma razão.
Tenha o cuidado de mandar fazer um traje de nadador, da mesma forma que um chapéu de noite, uma roupa de jogo.

Art. 37º: Se você possui uma joia preciosa, nunca a exiba diante de muitas pessoas.
O abade Desmonceaux, oculista de Mesdames, sob Luís XVI, exibia uma caixa de rapé que o rei da Suécia acabava de lhe oferecer.
— Todos eram senhores de bem — disse mais tarde. O que não impediu que, depois de fazê-la circular pelo salão, fosse impossível encontrar a tabaqueira.

Art. 38º: Entre a palavra de honra de um advogado e a de uma atriz, não hesite: acredite na atriz.

Art. 39º: Desconfie das mulheres gordas: elas são muito sutis na inveja.

Art. 40º: Nunca faça um depósito entre mãos humanas, nem mesmo num banco.

Se você for forçado a pôr seu dinheiro nas mãos de alguém, escolha uma atriz, ou um homem de profissão e consciência simples, como os carregadores, os carvoeiros, os carregadores de água, os vendedores de frutas etc.

Há duas *Fés*, a fé de Ninon e a fé púnica: e os cartagineses são ainda muito numerosos!

Art. 41º: De maneira geral, guarde tanto tempo quanto possível suas moedas de cinco francos de ouro sem trocá-las. Este preceito é ditado pela experiência. Na verdade, observe que uma moeda de cem tostões é ainda respeitável; pensamos duas vezes antes de gastá-la: é uma espécie de freio. O dinheiro escorre, escapa insensivelmente entre nossos dedos.

Art. 42º: Um amigo de infância em situação difícil é um tonel de Danaides.

Art. 43º: Desconfie constantemente das novas invenções, tais como: óleos de Macássar, pós para navalha, cremes rejuvenescedores, filtros virginais, escafandros, cafeteiras, coisas que se podem esconder na bengala, guarda-chuvas que cabem em uma capa de tecido, camas que se podem embutir na parede, fornos econômicos cuja instalação custa mais de cem fornos, lareiras a cem escudos capazes de aquecer sem lenha, fuzis, mármores artificiais, botas sem costura etc. Em geral, tudo o que é dito *econômico* é uma invenção cara ou impraticável.

Em algum lugar do mundo, um bom e honesto lavrador inventou, há alguns anos, um instrumento para impedir a videira de escorrer, por meio de uma incisão anular. O bom homem, na verdade, achou uma solução para esse grave inconveniente que estraga preciosas colheitas; mas não se deu conta de que, até que essa *circuncisão* fosse praticada na videira, numa cultura de 250 ou 260 ares, a uva apodrecia, tal era o número de empregados necessários para praticar a operação.

Essa invenção, engenhosa e admirável, é boa para aqueles que têm cinquenta ou cem ares de videiras, mas inútil para os demais lavradores. Este exemplo, entre mil outros, chamou nossa atenção.

Por isso, essas invenções constituem o mais terrível imposto jamais cobrado aos honrados burgueses. Que não nos acusem de querer sufocar a indústria; aplaudiremos com entusiasmo as invenções realmente úteis; denunciaremos sempre a *charlatanice*.

Espere que a opinião pública e um uso prolongado tenham consagrado as novas invenções, então beneficie-se com o que lhe oferecem, pela soma de dez, vinte, trinta ou quarenta francos.

Art. 44º: Hoje você é filho: será pai a não ser que...

Você é filho... Lembra-se então de uma certa bolsa, aquela que estava guardada num certo lugar, lembra? O senhor seu pai não prestava nunca atenção, você a esvaziava com tranquilidade. Naquele tempo, você dizia: "Ah! ninguém vai notar!" Depois, pensava: "Poderia dar a meu pai lições de ordem, economia, boa administração; essa é a prova de que ele não tem nem memória nem atenção, defeitos essenciais num chefe de família. Deus o está castigando por minhas mãos..."

Indiretamente, você está dando uma lição a si mesmo, se hoje é pai. Por isso, o presente artigo figura aqui só como um *lembrete*.

Art. 45º: Que nunca lhe ocorra a ideia de oferecer o braço a senhoras conhecidas para ir ao teatro etc.

Pode chover.

No entanto, se uma senhora lhe manifesta alguma estima, três francos gastos com um carro tornam-se uma economia.

Art. 46º: Um velho solteirão nunca deve ter mais do que um cupê, e sem assento reclinável.

Pobre de nosso amigo, se compra um berlina ou um landau!

Quantas mulheres vai ter que acompanhar à casa! E... três velhas e nobres senhoras num carro é pior do que um roubo!

Art. 47º: Entre mulheres, há roubos que são cometidos de maneira terrível.

Como o número de mulheres honestas é igual ao de pessoas honestas, aconselhamos às senhoras que, no amor, pratiquem a maior discrição e economia.

Art. 48º: Se sua mulher o convencer de que, com os cem luíses que você lhe deu, comprou um traje que vale cinco mil francos...

Digamos que, feitas as contas, o traje vale até mais: você foi roubado, mas sem efração.

Art. 49º: Pobre menino inocente! Tem dez anos: não conhece o mundo, os homens, as mulheres!... Não é mais filho único.

Corre, salta, contente da vida com as balas e caramelos que lhe trouxeram. Está feliz como uma atriz aplaudida. Houve um batismo em casa, e o padrinho de sua irmã lhe trouxe, com as balas, um bonito sabre em miniatura. O menino adora esse bom padrinho.

Aos 25 anos ele será roubado; no entanto, quantos presentes recebeu!

Um primogênito pode ser assim roubado duas, três vezes.

As leis nunca punem esses crimes horríveis.

Você, pobre garoto, não pode fazer nada, e o senhor seu pai ainda pode menos.

A única coisa que lhe resta é amar muito sua irmãzinha.

Art. 50º: Por isso, antigamente, sábia medida, as jovens eram enviadas ao convento.

Art. 51º: Se um de seus parentes é comerciante, nunca compre nada em seu estabelecimento.

1º: Você não ousaria pechinchar e nunca poderia queixar-se de que ele o atendeu mal.

2º: Se ele sabe que você é rico, não lhe dará crédito, e você perderá um ano de juros sobre seu capital.

3º: Vai enganar você mais facilmente do que a um outro.

Este preceito aplica-se também aos *amigos íntimos*.

Lembre-se de que devemos nos considerar sempre como em estado de guerra contra nossos fornecedores.

Art. 52º: Há duas nobres classes de cidadãos franceses com as quais não se deve negociar levianamente: os normandos e os gascões.

Art. 53º: Você é médico, advogado, tabelião etc., enfim, um homem público; então, guarde bem o seguinte:

Quando vir chegar um homem que ocupou ou ainda ocupa uma posição de grande destaque na sociedade (este artigo aplica-se também às mulheres), e esse homem — ou essa mulher —, por sua posição, demonstra orgulho, altivez, arrogância, insolência ao tratar com você — que não é nobre, ou que, por sua honrosa profissão, está abaixo dela ou dele — e não faz nada, ou cuja inatividade é garantida por uma sinecura.

E vir que esse homem, ou essa mulher, esqueceu sua altivez ao entrar em sua casa, e quer conversar sobre negócios...

Esteja certo de que há sempre uma armadilha...

A senhora entra e se senta; você a conhece, está lisonjeado com a visita. Ela se expressa num tom meio humilde, meio altivo. Conhecemos essa estranha polidez do *grand monde*, essas maneiras distintas... Você se vê num clima de decência e tom elevado que o obriga a manter uma expressão amável. A visita se prolonga.

De repente, você é chamado às pressas a seu gabinete.

— Oh! vá, por favor — diz ela com um sorriso e um gracioso movimento de cabeça. — Não se preocupe, *monsieur*, eu espero.

Neste momento, o pânico deve invadir-lhe a alma: isso quer dizer que vão lhe pedir dinheiro emprestado, uma soma considerável que você nunca mais verá.

Ao voltar à sala, a senhora lhe fará a proposta de uma tal maneira que você terá dificuldade em recusar.

Nossos antepassados tinham usos e costumes que parecem estranhos à primeira vista; mas não deixa de ser verdade que a pequena grade na porta de entrada das casas, que permitia a seus donos saber quem estava chegando, nos tempos tumultuados, tinha uma real utilidade e evitava muita coisa.

A pequena grade ainda existe em algumas cidades do interior.

Hoje em dia, em Paris, as pessoas que têm credores instalam uma seteira em suas portas para saber quem bate.

Esses excelentes recursos já não existem. Ninguém tem um criado suficientemente inteligente para adivinhar a ameaça de um golpe.

Então, a única garantia que resta é um profundo conhecimento do sistema Lavater e uma grande habilidade.

Você acaba de comprar umas terras;

Você aplica um capital;

Você tem de fazer um pagamento;

Você acaba de sofrer uma bancarrota etc. Um homem perspicaz sabe se o nobre pedinte, o nobre tomador do empréstimo sente apenas um embaraço momentâneo.

Empreste então, com o melhor dos sorrisos, mas exija hipotecas e garantias e, sobretudo, apareça o mínimo possível até o pagamento.

Se a condessa pede dinheiro emprestado porque está arruinada, tome seu pulso, e veja se pode deixar-se sangrar impunemente.

Art. 54º: Você, mulher, simpática, elegante, rica, tem uma amiga; ela também é simpática; espirituosa, boa, rica.

Nunca emprestem uma à outra nem xales de caxemira, nem vestidos, nem adereços.

Sabemos que não há intenção; mas, uma tarde, você empresta um xale à sua amiga para que ela o use como turbante, à maneira grega ou judia.

No dia seguinte, sua camareira lhe traz o xale dividido em oito pedaços; pois o cabeleireiro, que não sabia até que ponto ia *sua intimidade*, cortou-o impiedosamente.

Art. 55º: Quando aparece um artigo de algumas páginas muito interessante, lembre-se de que Delaunay, livreiro no Palais-Royal, tem-no em suas prateleiras, e que, como que para fazer publicidade, recortou-o, para que você possa ler mais à vontade.

Art. 56º: Há belos cafés novos, como também mudanças de ministério; é você quem vai pagar.

Art. 57º: Tome cuidado com os *Saint-George*, que não só o provocam querendo levá-lo a um duelo, como o fazem pagar um almoço de quarenta ou cinquenta francos.

Art. 58º: Quando você anda por Paris num cabriolé de aluguel, e o cocheiro é dono do cavalo, esteja certo de que vai ouvir suas queixas sobre o preço alto da aveia, sobre todos os seus problemas. Segundo ele, esse ofício o faz perder dinheiro; é melhor ser empregado de uma firma que aluga o carro e os cavalos etc.

Mas, se o cocheiro não é proprietário, então tudo é diferente:

Os patrões exigem uma comissão exorbitante.

Ele, pobre-diabo, tem mulher e filhos, mal pode alimentá-los.
É a primeira vez que tem um cliente nesse dia.
É um antigo militar.
Enfim, você lhe dará sempre mais do que ao que não diz nada.
Conhecemos um homem muito distinto que seguia a receita como o teria feito o *Shylock* de Shakespeare.

Art. 59º: Quando for ao teatro, nunca guarde o troco que lhe dão sem antes examiná-lo bem.
Idem no Tesouro.
Às vezes, recebemos dinheiro falso.
Porém, examine ainda com mais atenção os rolinhos de papel etiquetados: moedas de um franco, dois francos etc...

Art. 60º: Um grande entusiasmo de que as crianças são vítimas todo ano, quando estão no internato, é o seguinte:
Chega o aniversário do venerável professor; todos querem dar-lhe um presente. Perguntam a *sua esposa* que móvel, que peça de prata agradaria ao mestre.
— Não, meus filhos — diz ela muito confusa —, não, não vou dizer. Ano passado vocês lhe ofereceram 12 talheres e sabem como o professor ficou chateado; quase não autoriza a saída de vocês; não, não lhe deem nada.
O efeito é exatamente o contrário: todos colaboram, desprezam os que dão pouco: a glória irá para aquele que mais atormenta pai e mãe para colaborar com mais; chegam a retirar dinheiro do pouco que têm para os seus caramelos. Oh! a idade da inocência! Com que boa-fé as crianças conspiram para enganar-se a si mesmas!
Finalmente, dão uma sopeira. O professor se zanga, ralha, e sua modéstia parece estar no ponto mais alto. Permite a saída dos meninos com um ar severo e promete que, no ano seguinte, vai punir se repetirem a façanha. Dez anos mais e sua baixela estará completa.
— São tão boas crianças! — diz ele à mulher.
Depois, durante algum tempo, garante a cada pai que o filho faz muitos progressos, que é uma criança que promete, *um belo cidadão!*

Art. 61º: Curso de língua italiana em 24 lições; curso de mnemotecnia em 12 sessões; curso de música em trinta lições; escrita aprendida em dez lições etc.

Não cometeremos a injúria de comentar esses charlatanismos.

Isso se aplica igualmente aos retratos feitos em duas sessões, por um luís.

Art. 62º: Em Londres, qualquer tipo de consulta custa muito caro, e o menor parecer é considerado uma consulta. O célebre Driadust, advogado, passava por Alls-street, quando um negociante, mostrando-lhe um *shelling*, perguntou se não era falso.

— É verdadeiro — diz o doutor, pondo a moeda no bolso. — Da próxima vez, me dará outro.

Por isso, quando for à Inglaterra, se falar com um médico ou com um advogado, nunca termine sua frase com um ponto de interrogação.

Art. 63º: Não é apenas o bolso que você deve proteger: podem querer roubar também sua reputação.

Aproveitando seu crédito ou seu nome, os velhacos, ameaçados de falência, podem propor-lhe um belíssimo negócio, com lucro certo: querem seu nome e sua reputação impoluta para atrair os otários. Você — jovem puro e cândido, ou senhor, homem honrado — nunca pensaria que esses homens respeitados, bem-vestidos, falantes, que vêm procurá-lo num belo carro, que o levam a uma bonita casa, lhe oferecem um jantar esplêndido, possam ser velhacos.

Mas é assim. É melhor perder alguns escudos do que arriscar este cristal puro a que chamam reputação.

Art. 64º: Um parasita que não é alegre, que não sabe nada, que se queixa dos pratos à mesa, está roubando você.

Art. 65º: Quantos maridos devoram sem nenhum escrúpulo os bens de suas esposas!... Ou dos filhos. Quantas mulheres pródigas e levianas!

Todas as mulheres deveriam casar-se com separação de bens; o que não impede que se faça um testamento.

Uma mulher que deu tudo o que tinha ao marido cometeu uma grande tolice.

Há alguma coqueteria na generosidade, como o amor.

Art. 66º: O que diria você desses banqueiros da Alemanha que, com uma boa-fé teutônica, nos mandam séries e séries de números para rifas das terras de Engelthal, de Newhy, de Sigmaringen, de Hohenligen etc. Só se nos consideram crédulos como os alemães! Esperamos que nenhum de nossos leitores tenha arriscado sequer uma moeda de vinte francos.

Art. 67º: Comprar arbustos, plantas, flores no mercado das flores é uma total e absurda tolice que se comete todos os dias: por isso é que tantas roseiras morrem nas jardineiras, envenenadas pela cal que há no fundo dos vasos. Os burgueses de Paris, os comerciantes da Saint-Denis são incorrigíveis!...

Art. 68º: Ter sua casa de campo perto de Paris equivale a derramar um saco de trigo no campo, na época em que os pássaros alimentam os filhotes. Distancie-se ao menos vinte léguas da capital, ou não tenha uma propriedade rural.

Art. 69º: Há pessoas pródigas e corruptoras de qualquer moral que, não contentes em dilapidar o próprio patrimônio, querem também dissipar o patrimônio alheio. Desmoralizam a classe honesta dos operários e operárias, e viciam, com suas loucas generosidades, uma parte útil da nação, habituando-a a novas necessidades. É assim que se preparam as revoluções, em vez de cortar o mal pela raiz.

Um dos hábitos mais perversos desses jovens consiste em dar moedas de vinte, trinta, quarenta e cem tostões aos operários e operárias que o patrão encarregou de entregar-lhes casacos, pares de botas, camisas, chapéus, móveis etc.; a tal ponto que um honrado burguês é execrado quando, por um insigne favor, dá uma gorjeta modesta e adequada.

Repetimos, no interesse dos bons costumes: os fornecedores devem entregar suas mercadorias franqueadas; é um crime corromper assim o comércio.

Art. 70º: Há pouco a dizer contra os médicos; não toca aos vivos queixarem-se deles. No entanto, os médicos também arranjam várias maneiras de dar lucro aos boticários. Observe que, a cada ano, há um produto específico preferido: numa época, foi o sagu; noutra, o salepo:

tudo o que se comia vinha acompanhado de salepo ou de sagu. A araruta destronou o sagu; mas, com Walter Scott, veio o líquen da Islândia; depois as sanguessugas locais combinadas com água do Sena; enfim, o bom purgativo etc.; sempre esses bons remédios custam mais caro quando estão na moda; e, no fundo, são como essas reimpressões que os autores fazem e acabam pondo em nossas mãos algo que já conhecemos. Basta observar os sumários.

Art. 71º: Nunca revele onde está o testamento nem o que contém.

Velhos solteirões, tios sem filhos, velhas senhoras que economizam tostão a tostão para deixar para os parentes, pessoas honestas e ricas etc., a todos, presentes e por vir, atenção: o presente artigo tem o objetivo de comunicar-lhes que nunca devem guardar um testamento em casa; e que, via de regra, os testamentos devem sempre ser depositados em cartório — é a medida mais sábia e mais segura.

Art. 72º: Em qualquer ambiente que se encontre, quando à volta da mesa de um carteado há muitos observadores, e se você apostou, nunca desvie os olhos de seu dinheiro, e esteja sempre presente no momento do pagamento; sem o que, embora tenha feito apostas de ambos os lados, nem sempre conseguirá receber seu dinheiro em meio a essa dúzia de mãos que se adiantam na hora da corrida pelo ouro.

Art. 73º: Há certas pessoas que se divertem em tomar e depois esconder seu dinheiro, outras fazem essas brincadeiras de mau gosto com joias. Às vezes acontece que o dinheiro, ou o objeto precioso, se perde, devido a uma circunstância fortuita, e a confusão mais ridícula, as suspeitas mais odiosas invadem todos os espíritos. Ou o dinheiro cai dentro de uma bota, ou a joia se prende no babado de um traje de baile, sob uma almofada, e todos acabam por admirar os caprichos de uma divindade, à qual muita coisa é atribuída: *O Acaso*.

Em geral, nunca brinque com objetos preciosos: além do mais, essa brincadeira não é de bom-tom e leva sempre a uma situação desagradável; sem contar que o *acaso* às vezes faz você *perder* dinheiro com estas brincadeiras.

Capítulo à parte
Dos apelos feitos ao seu bolso na casa do Senhor

Reunimos tudo o que diz respeito aos impostos voluntários cobrados aos fiéis em um único capítulo.

Este capítulo deve fazer-nos meditar, sobretudo porque é com os prepostos da *Fábrica* que nosso amor-próprio mantém os mais duros combates. Estimulam uma luta entre este e o dinheiro, em que o último quase sempre sucumbe.

Antes de tudo, façamos justiça ao clero francês, cujos costumes nunca foram tão puros, cujas riquezas nunca foram tão parcas e cuja influência nunca foi tão desejada, a fim de trazer de volta a *idade de ouro*.

É preciso observar que não são os padres os atores dos combates diários travados contra os bolsos cristãos, e sim o que inadequadamente se costuma chamar o baixo clero, a saber:

Um maceiro, um sacristão, um guarda suíço, os coroinhas etc.

Mas, sobretudo um poder secular denominado *Fábrica*, o que quer dizer administração da renda da Igreja. E como a Igreja pode dar lucro? Tem, por acaso, outros produtos além das almas? Sim, seguramente; e você vai conhecê-los.

Agora, vamos ao que se refere a você.

Ou você vai regularmente à igreja, ou você nunca vai.

Se você vai

Todos os domingos são feitas três coletas, às vezes quatro.

Para começar, a *Fábrica*, através de um empresário, aluga as cadeiras. É uma despesa de trinta francos por ano para os verdadeiros fiéis.

Todas as outras *Comunhões* tiveram o cuidado de fazer com que seus templos sejam acessíveis a todos, de não pavimentá-los com encargos cotidianos. Esse é um ponto sobre o qual os estrangeiros insistem na

França, e que empanou o culto da Igreja galicana. Deixamos aqui esta observação, porque o clero francês é generoso, a França é refinada e os bolsos, pouco providos.

Se você for à missa, mande levar sua cadeira; não se acanhe, é coisa perfeitamente natural. As damas do século XI faziam-se acompanhar de um pajem que levava para a igreja sua almofada de veludo. Hoje em dia há tanta vaidade que essa seria uma moda fácil de pegar: seria uma maneira pela qual as pessoas poderiam mostrar que têm criados.

Primeira coleta

— Para os pobres, por favor!

Em seguida, os três golpes da alabarda oficial soam no chão da igreja; e um sacristão estende um gorro pontudo, de cabeça para baixo.

A doação é voluntária, sabemos disso; mas como tudo é calculado! Você está no meio de uma assembleia; pedem uma ajuda para os pobres; você só dará o que quiser; tudo o leva à caridade; a mulher que aluga as cadeiras teve o cuidado de dar-lhe o troco em moedas de valor alto; sua vizinha já depositou sua oferenda no gorro pontifício: sua vizinha não é melhor do que você!

Como conclusão, remetemos àquela do Art. 3º do presente livro.

Segunda coleta

— Para as despesas do culto!

E outra vez a alabarda e o gorro.

Cole no seu missal o artigo do orçamento destinado aos cultos do reino; e fortaleça sua coragem observando essa lista eclesiástica de vinte milhões, sem nada acrescentar.

Terceira coleta

Às vezes pedem para os pequenos seminários.

Este artigo confunde-se com o Art. 1º do presente livro.

Aqueles que têm o bom costume de não dar nunca nada, fortaleceram sua posição através das seguintes observações:

"Venho até a igreja para rezar.

"Um verdadeiro cristão fica absorto em sua oração.

"Nada é mais vil do que o ouro e a prata.

"Ensinam-nos a não nos apegarmos a esses metais.

"Logo, pensando em Deus, não podemos pensar em dinheiro."

Concluindo, esses sábios pensamentos valem cerca de 57 francos por ano, a saber:

54 domingos a 0,75..40,50
17 dias santos a 1,00..17,00
Total...57,50

Se você não vai regularmente à igreja

Você é um mau cristão; mas, mesmo nesta hipótese, há quatro casos em que é forçado a ir.

O batismo. Aí, você é um bebê, e pagam por você. Veja o Art. 22º, onde tratamos dos padrinhos.

A primeira comunhão. Aí, você é um adulto; mas, como não conhece o mundo, ainda são seus pais que pagam.

O casamento. O dia de núpcias é cheio de perigos, de surpresas, de armadilhas. Como pode o noivo recusar dinheiro nesse dia único em que tem e não tem uma esposa!

Ora, do altar do santo mais modesto ao altar da Virgem, há uma tarifa para tudo:

O casamento é feito pelo cura,

ou por um vigário,

ou por um padre.

Ostenta um magnífico manto,

um belo manto,

um manto comum,

um manto modesto,

o manto do comum dos mártires.

Você pode ser feliz no casamento, casar-se às oito horas da manhã, ir a pé para a igreja, vestido com roupas comuns, ser abençoado por um bom padre, sob o manto do comum dos mártires, no altar de um santo que não tem nem mesmo um quadro em sua capela.

Quando você vai à sacristia discutir com o senhor vigário sobre as despesas do casamento, com o coração cheio de humildade e recolhimento, convém não surpreender-se com um sorriso de desprezo que se repetirá em todos os rostos como um som, de eco em eco.

Diga, e isso um dia deporá a seu favor, diga:

— Padre, disseram-nos para sermos humildes; sou humilde, modesto.

Se você tem um título, acrescente que é seu sogro quem exige essa simplicidade; mas tenha cuidado para que ele não vá com você até o padre.

Se argumentarem que o que lhe pedem é para maior glória de Deus, responda que "a glória de Deus brilha nos corações puros e nas intenções nobres".

Sabemos que você está um pouco sufocado nessa sacristia; mas, ao sair da igreja, como sua respiração será profunda! Como o volume de seu bolso o consolará! Pela mesma razão, dê pouco para os círios, não deixe que os que passam vejam uma moeda de ouro em suas mãos, é melhor distribuí-la entre os pobres.

Você previu tudo, pagou tudo. Cercado de sua nova família, chega à igreja, assina o contrato de felicidade ou de desgraça; chega então o guarda suíço; e vem lhe pedir, diante de todos, luvas brancas e fitas da mesma cor.

Você não havia pensado nesse guarda, ele está triunfante! Se ele não usar luvas brancas, que mau sinal! Além disso, toda a família está lá, a noiva olha para você.

— Trate de arranjar as luvas e as fitas!...

Esta é a reação funesta.

O guarda em questão terá o cuidado de apresentar-se com um par de luvas de brancura imaculada. Você vai pagar por esse candor virginal; e no momento em que tiver nas mãos a carteira, cairão sobre você o maceiro, os coroinhas e o sacristão. Todos têm um pedido legítimo a fazer. Se, por infelicidade, você tem gestos lentos, até os mendigos acorrem!...

Trate então de dar ao guarda e aos pobres a menor soma possível; o guarda a embolsará. *Quos ego!* Você não verá nenhum mendigo.

Depois que você se for, o guarda suíço guardará o par de luvas brancas no armário, ao lado de sua irmã, o par de luvas negras. Os dois pares de luvas são o dia e a noite, a morte e a vida. Eles resumem toda a nossa história. Cada vez que usa um deles, esse venerável guarda os dobra e os acaricia com cuidados paternais; relembra e conta ao maceiro a quantas solenidades compareceram: olha as luvas com satisfação.

Um guarda suíço aposentado, que nos contou estes detalhes, confessou que nunca havia comprado mais de dois pares de luvas por trimestre e, entre anos bons e maus, havia feito de oitocentos a novecentos francos.

Pense bem: quer você vá à igreja para se casar ou para enterrar sua mulher, nunca deve se deixar levar pela vaidade de ver os guardas suíços enluvados.

Esta observação aplica-se igualmente ao crepe da alabarda ou às fitas que a decoram em ambos os casos.

No que diz respeito aos enterros, as pressões são mais abundantes e é necessário uma presença de espírito permanente. Se você estiver realmente nervoso na qualidade de herdeiro, encarregue algum parente deserdado de organizar o cortejo e o serviço: ele verá tudo com mais lucidez.

Encomendar um serviço e um cortejo é algo muito difícil.

Este momento em que um de nossos amigos é o protagonista dessa terrível procissão horizontal, e sai de sua casa com os calcanhares à frente, é tão curto, tão rápido, tão rapidamente esquecido que a maior simplicidade é sempre o que há de mais nobre.

A lembrança sempre é mais pungente quando está ligada a 1.700, 1.800, dois mil, três mil, seis mil francos que, em 24 horas, desaparecem como o defunto.

★ ★ ★

Os espíritos nobres optam pelo rabecão dos pobres.

Nós também nos inclinamos por esse carro modesto.

O carro fúnebre dos pobres, forrado de papel pintado, tem linhas mais puras, o cenotáfio ambulante mais simples e mais eloquente. Impressiona. Nele, a morte é comovente e bela.

Muitos ricos o preferiram.

Alguns homens notáveis por seu talento e força de caráter preferiram partir nesse carro para sua última morada.

Verdadeiros cristãos o escolheram.

Em tudo, a simplicidade é a melhor expressão.

— Está vendo passar aquele rabecão? É o menos caro.

★ ★ ★

Plumas, lágrimas de prata, tochas, cavalos de penacho, nada pode cobrir e apagar a morte; e esse momento de luxo e opulência, vindo da rue du Pas-de-la-Mule, custa mil escudos.

★ ★ ★

Lembre-se de que sempre podemos afirmar que o morto quis ser enterrado com simplicidade.

As pessoas que sentem a morte de um amigo vão ao cemitério a pé, a não ser que chova. Se chove, seu gesto é ainda mais belo.

Os carros fúnebres custam muito dinheiro.

Enfim, a verdadeira dor está no coração, e não no passo lento e simétrico dos cavalos de um cortejo.

★ ★ ★

O casamento e o enterro são duas ocasiões em que, com filosofia, religião e princípios, pode-se economizar muito.

São as duas ocasiões em que tentam nos tirar mais dinheiro, porque as paixões não sabem fazer contas, e porque num dos momentos estamos felizes, no outro, tristes. Ora, a tristeza e a alegria são as únicas afecções do homem: tudo se resume a estes dois sentimentos.

Quando trouxerem à sua casa o pão bento para que você o devolva no domingo seguinte, poderá com facilidade escapar a este imposto religioso, ordenando ao porteiro que diga sempre ao guarda suíço e ao coroinha que *você partiu para o campo*.

O sistema campo é melhor do que o sistema Law.

Anedota

O presidente Rose, acadêmico, era tão avarento quanto espirituoso. Em janeiro de 1701 estava moribundo; vendo-se cercado de eclesiásticos que lhe prometiam as mais fervorosas orações pela salvação de sua alma, mandou chamar a mulher, que teve a presença de espírito de chorar, e lhe disse:

— Cara companheira, se estes senhores, no meu enterro, lhe oferecerem orações para me tirar do purgatório, poupe-se desta despesa; esperarei o tempo que for necessário.

Resumo do Livro Segundo

Já que agora é moda resumir tudo, decidimos resumir nós mesmos cada um de nossos livros, de medo que algum industrioso literato venha surrupiar-nos o fruto de nosso labor.

Ora, como veem vocês, homens honestos de todos os tipos, não basta boa bebida e estar contente, é necessário uma certa astúcia para viver bem.

Com este livro de bolso, você poderá evitar todos os impostos que mencionamos nesses pouco mais de sessenta artigos.

Calculamos a soma total dessas contribuições coletadas anualmente de muitos ricos imprudentes; eleva-se a 12 mil francos *per capita*.

Você há de convir que é necessária uma grande prudência para salvar esses 12 mil francos de renda, que, bem empregados, podem proporcionar muitos prazeres verdadeiros.

Mas há um obstáculo, uma pedra no caminho. Já vemos você com a expressão severa, o cenho franzido, o olho em alerta, a palavra rude, a abordagem difícil, desconfiando do M. Pierre, do M. Paul, odiando todos os humanos e zelando como um avarento por seu dinheiro.

Que vexame, vou lhe contar, você vai bater de frente com o obstáculo, vai correr o risco de conquistar a reputação de avarento, de duro; isso é desastroso para um homem *comme il faut*, no século de sopa dos pobres, dos chás de caridade, da maternidade, da paternidade, e num momento em que o primeiro otário que dá 15 tostões para ajudar os outros é chamado filantropo.

No entanto, confessamos que há várias pessoas distintas, nobres e muito sábias que preferem passar por egoístas e avarentas, e oferecem a si mesmas a suprema felicidade de fazer o bem em segredo. Essas pessoas observaram que, embora tachando-as de avarentas, os outros não fazem mais que lamentar o seu ridículo porque há uma coisa que está acima das demais: é que essas pessoas são ricas. Então, os outros têm por elas um certo respeito, sentam-se com prazer à sua mesa, conferem-lhe o título de *honorável*; e, como nunca falam de alguém a não ser pelas costas, essas pessoas têm a coragem de situar-se acima de algo que o parisiense respeita, e que se chama: *O que vão dizer?*

O que vão dizer?, tendo uma grande força na capital, e sendo um adversário respeitável, reservamos para este resumo a melhor das receitas: não são necessárias pelo menos uma ou duas ideias para se fazer um resumo?

Assim que você estiver determinado a defender o seu bolso *unguibus et rostro*, estude o refinamento francês, adquira essa graça nas maneiras, esse encanto nas palavras, essa galanteria dos olhares que envolvem uma recusa com um verniz sedutor. Aprenda essas frases cheias de unção que, saturadas de *a honra de ser*, de *estou envaidecido*, fazem com que digam de você:

— Que homem encantador!

Se em Paris fazem esse comentário a seu respeito, não tema nada. Nos dias de hoje, um homem encantador se tornou o que nossos antepassados chamavam *a flor dos homens*. Tudo o que faz é correto, justo, honesto.

É verdade que é difícil atingir esse patamar, e conciliar tudo; no entanto, vimos várias pessoas em Paris que, consumindo sozinhas sua renda, eram consideradas encantadoras. Se as encontrar, observe-as como um pintor observa seu modelo.

Ao terminar este livro, uma tristeza de nós se apodera! É que não podemos deixar de dizer-lhe que existem os impostos inevitáveis, os pedidos justos que não podemos recusar a não ser que sejamos uns brutos, uns indiferentes. Mais de uma vez, legalizamos e sancionamos solicitações legítimas, como:

A moeda para o varredor, que mantém limpo um trecho das avenidas.

A moeda para o porteiro que, num dia de tempestade, ajuda você a descer do carro; este homem detesta os resfriados, gosta de você e cuida da sua saúde.

O avarento Chapelain, autor de *Pucelle*, preferiu molhar os pés num dia em que ia à Academia: foi o que o matou.

Há ainda o salário dos artistas, que executam grandes concertos ao ar livre, depois de haver estendido no chão um lenço para recolher as moedas; se você puder ouvir, pague, mas cuidado com o relógio.

Se você leva uma senhora ao teatro, há a moça que os conduz aos seus lugares, tão boa, tão inteligente que, mediante retribuição, leva-os ao camarote, traz um banquinho; quer que a dama mantenha os pés secos e esteja confortavelmente instalada.

Um homem, abrindo a porta de seu carro, dirá com voz tonitruante:

— Senhor, chame sua criadagem!...

Como não pagar por estas palavras, *sua criadagem*!...

Se você está jantando fora, bardos maltrapilhos virão cantar diante da porta: lembre-se de Homero!

Como estes, há mil pequenos serviços que lhe são prestados, sem que você os encomende.

Nunca se pode evitar a gorjeta dos cocheiros, dos garçons dos cafés, dos restaurantes, o calendário do carteiro, alguns presentes de boas-festas justos e merecidos, os moços que guardam os banheiros, a gratificação quando da despedida dos criados da casa de campo, a gorjeta das pessoas que vêm entregar presentes etc.

Conhecemos, no entanto, homens honrados que se liberam desses usos onerosos (ver anedota do Art. 10º), mas essas pequenas contribuições são legítimas; é conveniente submeter-se a elas de boa vontade. Na verdade, não pague os criados alheios e verá se, num baile, consegue ser servido, tomar um vinho ou saborear um sorvete, sobretudo em casa de ministros; conclui-se pois, definitivamente, que, se ser pródigo é ser otário, ser avarento é ser ridículo.

Livro Terceiro
Indústrias privilegiadas

Capítulo 1
Do tabelião e do advogado ou Tratado sobre o perigo que o dinheiro corre nos cartórios

Há certas classes na sociedade que, por obra do acaso, são vítimas de zombaria: nelas estão incluídos os médicos, os tabeliães, os procuradores, os oficiais de justiça, os normandos, os gascões etc. Essas classes nunca se ofendem e não contestam; porque ninguém consegue falar com a boca cheia. Os gascões, considerados os menos ricos, são no entanto os únicos que há cem anos fazem parte do governo da França. Sem falar dos Epernon, dos Lauzun do tempo antigo, vemos que a Convenção, o Império e a Realeza tiveram apenas gascões no leme dos negócios: para provar, aí estão os senhores Laîné, Ravez, Decazes, Villèle, Martignac. De todos os reis de Bonaparte, finalmente restou apenas um! Assim, Bernadote é gascão.

Todo este preâmbulo não passa do que chamamos *uma precaução oratória*, a fim de afastar de nós a suspeita de querer atacar a honra e a probidade dos senhores tabeliães, advogados, oficiais de justiça etc. Sabemos perfeitamente bem que se, em princípio, ficou estabelecido que a justiça seria para todos, esta justiça — que não vê absolutamente nada — necessita de oficiais, mas, como neste mundo não existe um bem que não seja irmão de um abuso, depois de haver enunciado como um axioma que um tabelião, um advogado, um oficial de justiça são — dentre as invenções sociais, judiciárias, ministeriais, políticas — a invenção mais legítima, mais benfazeja etc. etc., que nos seja permitido examinar os perigos decorrentes desses bons ofícios. O bolo de farinha é o pão dos negros, mas se não for tirado todo o leite, a mandioca se transforma em veneno.

A má-fé chegou a tal ponto de perfeição que, mesmo um contrato bem redigido e bem detalhado às vezes não significa nada; e gostaríamos de poder viver sem os tabeliães, que são uma espécie de companhia de seguros contra as incertezas da consciência; sem os advogados que, nos tribunais, equivalem aos antigos padrinhos nos julgamentos feitos em nome de Deus, que armavam os combatentes, providenciavam as couraças, verificavam se as espadas estavam bem afiadas — e gritavam para o povo, cada um de seu lado, que o combatente tinha razão. Pelo amor de Deus! sejamos justos e reconheçamos nesses dois tipos de oficiais uma instituição monárquica, uma antiguidade feudal.

Reconhecemos que, depois, foram feitas mudanças notáveis, e os profissionais dessas duas categorias sofreram sensíveis melhoras; damos graças a essa perfectibilidade indefinida em cuja direção sempre tendemos.

Antigamente, o que vinha a ser um procurador, o que vinha a ser um tabelião conselheiro? Os dois seres mais aborrecidos do mundo e mais desagradáveis aos olhos: o procurador era um homem sempre vestido de negro, ostentando a grande peruca clássica, falando sempre e unicamente dos negócios dos outros, e em termos bárbaros que feriam o ouvido; sempre metidos em uma sala forrada de papeladas amarelecidas, os procuradores viviam perdidos no meio de títulos, afogados numa poeira ridícula, levavam tão a sério o interesse de um cliente que chegavam a morrer por ele; os procuradores nunca frequentavam a sociedade, faziam suas próprias reuniões; enfim, um procurador pródigo passava por um monstro, e aquele que tivesse sido suficientemente ousado para ir de carro até o *Châtelet* teria sido tachado de louco. Ao cabo de uns cinquenta anos, passados no sacrifício da *prática*, retiravam-se para o campo, onde sua única alegria era ver passar grandes bandos de corvos que faziam com que recordassem o honorável corpo de procuradores nos grandes dias de assembleia. Acabaram sendo considerados como loucos pouco perigosos.

O advogado de hoje, ao contrário, é um jovem amável, alegre, espirituoso, que se conduz como determina a sentença suprema de Tortoni; frequenta bailes, festas, concertos; as toaletes de sua mulher fazem inveja às damas da corte. Nosso advogado despreza tudo o que não é elegante, seu escritório é um *boudoir*, sua biblioteca cabe na memória; brinca a respeito dos assuntos mais sérios; nossa bela França tem esta grande qualidade, é um país onde tudo é levado na brincadeira: "Vamos desapropriá-lo de seus bens, vamos mover uma ação contra ele", tudo isso é dito com a seriedade de Polichinelo. Os advogados se deslocam de cabriolé, jogam carteado, os escreventes fazem verdadeiros *vaudevilles* e, como dizem, nem por isso as coisas vão mal.

Os tabeliães resistiram à perfectibilidade durante muito tempo; as ideias dessa corporação lutavam heroicamente contra as novas ideias; mas, finalmente, ela começa a adotar os costumes do novo século, e nada é mais natural do que ver num salão valsar um notário, um médico, um advogado, um oficial de justiça e um juiz. Se Deus determinasse que se pudesse contar, nessas circunstâncias, com um de seus *ministros*, as pessoas poderiam morrer em pleno baile, seguras de estarem cercadas pelas quatro faculdades, de poder fazer seu testamento em boa e devida forma.

Ainda existem alguns tolos que pensam que um advogado, um tabelião são pessoas cujo trabalho consiste ou em ir ao Palácio de Justiça defender, assistir seus clientes, encontrar nos códigos armas sólidas e infalíveis; ou redigir e compreender bem as intenções do contratante. Tudo isso era válido no século passado, quando essas coisas tomavam uma forma ideal, quando cada estado era representado por uma soma de obrigações a cumprir. Hoje, tudo está *monetarizado*: já não se diz que Fulano foi nomeado procurador-geral, vai defender os interesses de sua província como Lachalotais. Não, nada disso; o senhor Fulano acaba de conquistar um belo posto, procurador-geral, o que equivale a honorários de vinte mil francos: gastou cem mil francos para ser nomeado; por essa razão, seu dinheiro está investido a 20%.

Da mesma forma, ninguém escolhe a carreira de advogado ou de tabelião com os objetivos primeiros da profissão; claro, os futuros profissionais sonham em ir ao Palácio da Justiça de vez em quando, com o arrazoado de processos e inventários; mas o primeiro pensamento é o seguinte: "Comprando uma banca ou um cartório... duzentos mil francos, digamos que rendam vinte mil francos, o dinheiro é investido a dez." Assim, investir num cartório é melhor do que investir em terras, investir numa banca de advogado é melhor do que investir em imóveis. É necessário convir que, na França, foram geradas novas riquezas para substituir ideias vazias. Assim, tudo foi reduzido a uma única expressão, e em tudo vê-se um aspecto mais ou menos produtivo; mas, onde está a renda? Quais as terras que geram os lucros? Ah! eis aqui o capítulo do perigo.

Depois de dizer a um homem:

— Aqui está o galão de prata para aplicar em seu traje, ponha apenas no colarinho ou nos ombros; aqui está o carretel, use à vontade.

As paixões, os desejos das mulheres gordas, tudo chega em avalanche, e então o galão é posto sobre todas as costuras e um belo dia o carretel está vazio.

O carretel é o seu bolso! O legislador disse aos tabeliães e aos advogados:

—Vocês prendem os galões.

Daí veio o provérbio; e a partir de então, nossos reis, desde Carlos IX, e desde a sentença de Moulins, sempre o combateram em vão.

Vamos tentar fazer o que não conseguiram realizar os reis de França e as tarifas, e vamos tratar de desvendar as astúcias de certos oficiais ministeriais. Infelizmente, retiram suas contribuições tão *legalmente* e com tal habilidade que anos foram necessários para fazer este tratado. Como epígrafe, uma escolha feliz:

"Cresci no harém, conheço os truques."

Art. 1º: Do tabelião

Os perigos que corre o nosso bolso nas mãos do tabelião aparentemente não são grandes, passam quase sempre despercebidos, e os efeitos da ignorância do digno oficial às vezes só se manifestam na segunda geração: um contrato de venda mal redigido, um contrato de casamento ou uma transação explodem então como uma bomba e incendeiam sua fortuna; mas você está morto, seus herdeiros que se entendam. Quando são cometidos erros de redação num tabelionato, a batalha é sempre travada no Palácio da Justiça; e um longo conhecimento da arte nos assegura que a maior parte dos processos se deve à ignorância dos tabeliães. São o grande rio que alimenta o mar das petições. As velhas margens nevadas lembram as geleiras dos Alpes, de onde escorrem imperceptivelmente os grandes rios da Europa.

Este erro capital, a má redação, deve figurar na linha de frente, sobretudo nesta época em que um tabelião redige uma minuta ao som de uma valsa, faz um inventário cantarolando uma ária de Rossini ou compra terras dizendo: "Tenho o rei, ganho todas."

Para tudo isto há apenas um remédio: o infeliz possuidor de uma grande fortuna deve obrigar-se a um estudo profundo das leis, dos termos etc.; deve conhecer processo civil, estudar direito, ser capaz de redigir um termo, fazer um borderô, fazer um inventário, uma partilha:

são os encargos e o lado negativo da fortuna: por isso não é de admirar que tanta gente prefira a pobreza.

Se um homem rico for capaz de administrar assim os seus negócios, estará protegido contra esse vício capital que invalida muitos documentos feitos pelos tabeliães.

Há uma outra solução, que consiste em chamar um advogado e pedir-lhe que examine o documento antes de assiná-los; mas é necessário tomar cuidado para que ele não tenha contato com o tabelião.

Assim procedem várias famílias grandes, em que não ficaria bem que o herdeiro presumido estudasse direito e fosse trabalhar com um advogado: essas famílias têm o que se chama um *conselho jurídico*, constituído por uma assembleia de alguns bons casuístas que zelam pelos interesses de propriedade.

Outro perigo de que somos vítimas é a enorme quantidade de pequenos documentos com que os tabeliães atravancam uma grande causa.

Suponha um processo de herança cheio de dificuldades, onde são necessárias vinte procurações, uma montanha de recibos etc.; uma procuração será mandada a cinquenta léguas para um agente qualquer, que vai responder dizendo que só esse documento não basta.

Suponhamos que você acaba de perder seu avô — que Deus o tenha! Em vida, esse digno senhor tinha a mania de móveis, quadros, tabaqueiras etc.

Vocês são muitos; é necessário fazer um inventário. Pois bem, vocês vão ver o que as manias do bom velhinho vão lhes custar.

O inventário começa; o tabelião lavra o *título* do inventário. Você pensa que o bom senhor vai escrever: *Inventário do M. Fulano*... Doce ilusão!...

Na folha de rosto figura sua qualificação como parte interessada, suas procurações, seu direito à herança etc., e são anexadas procurações de suas irmãs ou irmãos que estão a cem léguas de distância.

O escrevente levará uma manhã para fazer isso; algumas vezes são sete ou oito páginas de minuta: nelas figuram três vacâncias. Uma vacância é um determinado período de tempo durante o qual o trabalho é feito em sua casa. Essa vacância custa caro. Acompanhe os trabalhos:

Chegam à sua casa e, da adega ao sótão, em sua presença, procuram, esmiúçam, buscam para descobrir tudo o que seu avô deixou ou não deixou para você.

Você vê dois amanuenses de nariz pontudo que inspecionam tudo, sacodem as mesas, viram as cadeiras, procuram como Cromwell: *o espírito do Senhor*. Durante esse tempo, o tabelião ou seu ajudante escreve, e o comissário avalia os objetos.

Você já pode prever a despesa que darão essas tabaqueiras, esses quadros!

— Oh! aqui está uma bela peça! — exclama um amanuense.

O tabelião o interrompe, o comissário chega; todos examinam, admiram; você se sente lisonjeado, conta onde e como seu avô adquiriu essa obra-prima, como a admirava, os outros ouvem: o tempo passa.

Até que, depois de algumas horas, o primeiro ajudante diz com ar zangado:

— Não percamos tempo: vamos, senhores, nosso tempo é precioso.

Mas a curiosidade humana é tamanha que em cada vacância se desenrolam as mesmas cenas. Você fica maravilhado com a presteza desses senhores, com sua habilidade para encontrar esconderijos onde os avarentos guardam o dinheiro ou o testamento, acaba convencido de que de fato não se poderia instituir um número menor de vacâncias.

Ora, o inventário de Mme. Pompadour durou um ano inteiro.

Não mencionamos aqui a expedição do inventário, que lhe é entregue sob a forma de *cópia executória* e que custa caríssimo; retenha bem este princípio geral: *você deve sempre declarar com firmeza que não quer expedição da minuta do inventário.*

Essa minuta, que lhe parece ser a versão definitiva, e que não tem mais do que dez ou vinte páginas, chegará às suas mãos em um volume correspondente ao de uma enciclopédia. Seria como uma mudança no porte de Perlet: você acaba de vê-lo magro como um arenque defumado, no restaurante "O Gastrônomo-sem-vintém"; *voltaria gordo como Bernard Léon para a portaria.*

Assim, repetimos, nunca peça expedição de minuta a um tabelião, salvo no caso de lavratura de termos de venda; contente-se em anotar a data de outorga do termo e o nome do tabelião. Este axioma é extremamente importante, por exemplo, *quando você se casar*, e lhe trouxerem uma certidão de seu contrato nupcial em papel pergaminho, atado com lindas fitas cor-de-rosa, como se fossem as bandeiras da vitória! Você pensa que essa amabilidade notarial não vai lhe custar uma enorme gratificação? Favor prestado, favor retribuído.

★ ★ ★

Outro capítulo muito mais importante, e sobre o qual pouco podemos entender, é o artigo sobre os depósitos em mãos dos tabeliães. Nesse caso, tudo se resume na confiança; é como a escolha de um médico. Há quem se baseie na ciência de Lavater: examine o tabelião, esquadrinhe seus olhos, observe se o homem tem o olhar fugidio, se é estrábico ou se é coxo. Tudo o que podemos fazer é mostrar, através de um exemplo, toda a influência de um tabelião sobre um depósito, e a influência de um depósito sobre um tabelião.

Há muito, um jovem sem fortuna comprou um belo cartório em Paris. Na ocasião, um grande banco entrou em estrondosa falência. No entanto, quando *Os Messieurs Tal, Tal e companhia* chegaram a um país estrangeiro, tiveram a agradável surpresa de receber uma carta do síndico de seus credores que lhes informava que o montante de seu ativo subia duas vezes mais do que o passivo; os banqueiros voltaram imediatamente e, imediatamente, decidiram, a conselho do síndico, que deixariam que os credores se entendessem entre eles, mediante a soma de um milhão depositada num cartório.

Quis o acaso que o milhão caísse nas mãos do jovem tabelião que acaba de ser mencionado. Teve depositados em sua caixa dez vezes cem mil francos.

Você há de convir que a situação do nosso jovem era tentadora; qualquer um que se considerasse o homem mais honesto do mundo, por pouca imaginação que tivesse, não conseguiria dormir sobre um travesseiro recheado com cem mil notas bancárias.

Nosso amigo refletiu tanto que decidiu tornar-se *legalmente* o dono do milhão. Indagou sobre as causas que haviam motivado o depósito da bem-aventurada quantia, e descobriu que vários processos infernais entre os credores — processos intermináveis, porque dois ou três normandos, cinco advogados e três homens de negócios estavam envolvidos — retardavam indefinidamente o pagamento das dívidas.

— Bah! — disse-lhe um credor desesperado a quem se havia dirigido. — Isto vai durar anos!... E o pior é que nosso capital não nos rende nada.

Essas últimas palavras fizeram nosso tabelião pensar: o governo acabava de criar um imposto vitalício. O rapaz foi imediatamente dar seu milhão ao governo, e recebeu em troca uma inscrição de cem mil libras de renda vitalícia.

Ele espera que as contestações durem pelo menos cinco a seis anos, que os juros dos cem mil francos, que receberá anualmente, capitalizados aos cem mil francos propriamente ditos, farão o milhão, e que, feito o pagamento, estará de posse de cem mil libras de renda.

No início, tudo parecia acontecer conforme seus desejos. Durante um ano e meio, as coisas estavam tão complicadas que nem o diabo conseguiria desemaranhar essa confusão processual; mas, ao cabo de dois anos, viu-se que a soma deixava de render cinquenta mil francos de juros e que, se o processo durasse ainda alguns anos, as partes estariam arruinadas de tantas despesas e de juros não ganhos; e, um belo dia, a calma voltou aos espíritos, os litigantes só pensaram em pagar as dívidas, e trataram de mandar ao cartório credor sobre credor, todos munidos de seus borderôs.

Nosso jovem ficou estupefato quando o primeiro credor mandado pelos síndicos apresentou-se, munido do borderô de seu crédito etc. A notícia fatal da completa pacificação foi-lhe dada.

Não teve então outro recurso senão arrastar as coisas. Declarou que só poderia pagar quando todos os borderôs e todos os credores estivessem reunidos, para não pagar mais do que o milhão que tinha em depósito.

A reivindicação pareceu justa: as providências nesse sentido foram rapidamente tomadas; e, um belo dia, foi surpreendido com a cobrança do milhão. Recorreu ainda a algumas medidas a executar; encontrou uma maneira de fazer intervir duas ou três oposições; mas, ao cabo de seis meses, tudo estava em ordem; finalmente, uma bela manhã viu-se obrigado a convocar todos os credores ao seu escritório.

Não foi sem uma sensação de pânico que se viu cercado por cerca de cinquenta credores cujas mãos estavam ávidas para tocar no precioso dinheiro. Disse a todos que se sentassem, meteu-se atrás da mesa do escritório, em sua poltrona notarial, olhou-os com preocupação: reinava um silêncio solene.

— Senhores — disse-lhes —, todos os borderôs estão em ordem; não me resta mais do que efetuar o pagamento.

Esse início de discurso fez com que todos trocassem olhares de satisfação.

— E, neste momento, não posso fazê-lo, pois já não tenho o milhão que foi depositado...

Mal terminou a frase, os cinquenta credores levantaram-se indignados, os olhos brilhando em fúria; como num coro de ópera, os credores lançaram-se contra o tabelião, e frases inflamadas foram repetidas mil vezes:

—Você é um larápio! Onde está nosso dinheiro?...Vamos processá-lo etc.

Porém, essa cólera repentina baixou, como a espuma branca de uma panela cheia de leite que a cozinheira retira do fogo, quando os credores viram o ar impassível do tabelião.

— Senhores — disse ele —, sinto ver que não são razoáveis; estão comprometendo seus créditos. Tratem de não me fazer nenhum mal: sou frágil, de compleição delicada, a tristeza me põe doente. Se os senhores destruírem minha saúde ou minha reputação, perderão tudo; se, ao contrário, me cumularem de atenções, se tomarem cuidado para que nada me choque, se me deixarem viver em paz, antes de três ou quatro anos, no máximo cinco, receberão tudo, principal e juros: como veem, tenho consciência. Por isso, imagino que vão procurar saber de que gosto, quais são as minhas fantasias, o que me dá prazer; imagino que o senhor, *Senhor Fulano*, mandará para minha casa coisas gostosas do Mans; o senhor, *Senhor X...*, me convidará para suas festas. Ah! sim, porque uma ictericia, um cólera morbus, um *champignon* mal escolhido os faria perder tudo.

Reinava o mais profundo silêncio e alguns credores pensaram que o tabelião estivesse delirando.

— Senhores — continuou o jovem —, eis aqui uma inscrição de cem mil libras de renda vitalícia constituída para mim e eis onde está seu milhão (apontava para o estômago); investi o dinheiro junto ao governo, que me devolve parceladamente; poderia ter roubado, mas estou fazendo jogo aberto. Como veem, seus créditos estão em segurança, e dependem de minha saúde. Como prova de minha boa-fé, aqui estão duzentos e cinquenta mil francos para pagar aqueles que têm mais pressa; os outros não terão de esperar muito tempo.

Essa manobra tão hábil faz com que a cólera seja substituída pela mais profunda admiração: sobretudo de parte dos advogados presentes, que não deixavam de curvar-se diante desta capacidade de tramar negócios.

— Não é só isso, senhores: exijo o mais sagrado sigilo, pois minha reputação é muito importante para mim; se meus negócios se ressentissem de uma indiscrição de sua parte, eu morreria de tristeza.

O segredo foi guardado durante muito tempo, e o jovem tabelião acumulou, por esse procedimento, uma das fortunas notariais mais fabulosas que já se viu.

Nem sempre as coisas correm tão bem. Este exemplo deve bastar para o presente artigo.

★ ★ ★

Dentre os serviços que a instituição dos tabeliães presta à sociedade, está o de servir de intermediários entre os emprestadores e os devedores: são os senadores da república das hipotecas, onde tudo acontece entre eles e seus documentos. O que não deixa de ter muitos perigos.

Há pessoas que dizem que certos tabeliães, sobretudo na província, têm a arte de investir o capital do mutuante a cinco, e de arrancar sete, oito ou até nove dos mutuários. Esses caluniadores acrescentam que esse excedente de juros é pago com títulos cujo vencimento coincide com o dos juros legais: isto é apenas um jogo infantil. Se um tabelião investe por ano cem mil francos, 1% ou 2% somam mil ou dois mil francos. Ninguém arrisca comprometer-se por cem luíses, isso seria a história do normando enforcado com uns pregos.

Outros dizem que para os tabeliães é fácil fazer você emprestar dinheiro a pessoas arruinadas, o que faz com que perca quantias que não poderão ser devolvidas, porque são as *últimas inscritas*. Por que um tabelião faria isso? E que dinheiro valeria o descrédito que tais operações fariam cair sobre seu cartório?... Aliás, isso cabe ao cliente, é uma armadilha que a inteligência menos brilhante pode detectar, apenas verificando as hipotecas.

Sobre este assunto, um recente caso serviu de alerta e provou que, em se tratando de investir seu capital, um homem deve levar o cuidado e a minúcia às raias do ridículo.

Em geral, o homem de sociedade, que recebeu uma certa educação, só renuncia à honestidade por grandes somas que possam enriquecê-lo para sempre: logo, só é necessário desconfiar quando o dinheiro emprestado pode, por um meio qualquer, ser habilmente subtraído.

Assim, um tabelião, cuja fortuna aparente excluía qualquer suspeita, imaginou apropriar-se das somas que seus clientes supostamente emprestariam a indivíduos fantasmas.

Tinha o cuidado de investir a quantia emprestada numa bela propriedade, e de nunca deixar que o suposto mutuário tivesse contato com seu cliente.

Dava ao mutuante um título lavrado por ele, tabelião, e que era falso; depois, fornecia-lhe uma falsa hipoteca.

Era uma coisa verdadeiramente fantástica que esse tabelião ficasse examinando as casas de Paris, escolhendo as mais belas para hipotecá-las imaginariamente a cem, duzentos mil francos.

Entre outras aventuras, esta aconteceu pouco antes da catástrofe. O *Senhor B...* havia imaginado *tomar emprestado* de um de seus amigos, por esse método, quarenta mil francos, que supostamente emprestaria à sogra, que, no ato, apresentou como garantia uma casa de campo no lugar tal... perto de Paris: o Senhor B... vai visitar a propriedade, gosta do lugar, entra.

Depois de alguns dias, aquele que emprestou o dinheiro vai passear no bosque de..., e resolve, por curiosidade, visitar a casa de campo que ele hipotecara: acha lindos os jardins e entra.

Não imaginando que pessoas a quem havia emprestado quarenta mil francos lhe recusariam hospitalidade, faz-se anunciar e é recebido pela sogra do tabelião com a maior frieza.

Elogia muito o lugar, manifesta o desejo de visitar o interior; fala como se estivesse em sua casa etc. A senhora, tomando-o por um desses intrigantes tão comuns em Paris, mas surpresa com seu ar de boa-fé, finalmente diz:

— Senhor, não tenho o prazer de conhecê-lo, não sei a que razão atribuir...

Ele interrompe, dizendo com ar de triunfo:

— Eu sou *monsieur*.

A senhora, cada vez mais surpresa, repete:

— *Monsieur...*

Finalmente, nosso homem explica o empréstimo de quarenta mil francos e a hipoteca da casa.

A senhora nega, começa uma viva discussão. A sogra do tabelião perde a calma, e M... é forçado a se retirar. Madame... o havia deixado sem ação.

No dia seguinte bem cedo, ele vai procurar o tabelião, conta-lhe sua aventura, exige uma explicação, com uma voz um tanto irritada.

— Com quem falou? — pergunta o tabelião.

— Com uma senhora.

— Uma senhora já de certa idade, vestida assim, assim?

— Isso mesmo!

— Pois bem, meu caro, não é de admirar: minha sogra é louca, tem todos os parafusos soltos. Em consideração à família, não a internamos; mas a mantemos isolada e não falamos de negócios com ela. Se está preocupado, vou reembolsá-lo...

E o reembolsou, temendo pelas consequências da aventura.

Mais original ainda foi a descoberta do ministério que envolvia as operações de M.B..., que, aliás, desapareceu do mapa.

A câmara dos tabeliães declarou que assumiria todos os prejuízos; essa atitude provou que a melhor garantia dos tabeliães de Paris era sua nobre solidariedade.

No entanto, rico ou pobre, acompanhe muito atentamente todas as operações que faz; este conselho vale mais que a pequena quantia com a qual comprou este livro.

Art. 2º: Do advogado

Chegamos finalmente a esta indústria célebre que um concerto unânime de acusações sempre perseguiu sem nunca conseguir alcançar. Justiça seja feita aos advogados franceses! São os decanos, os chefes, os santos, os deuses da arte de fazer fortuna com rapidez; e, com uma sagacidade que os torna merecedores de muitos elogios, respondem à crítica com este argumento cheio de vigor:

— Não é culpa nossa se Têmis, de quem somos os grandes dignitários, sempre descontenta uma pessoa ou duas. Daí se depreende que, se por ano são julgadas cem mil causas na França, há cem mil detratores do honorável corpo de procuradores.

De todas as mercadorias deste mundo, a mais cara é sem dúvida a justiça. Muitas pessoas pensam que a glória é ainda mais custosa; pendemos para a justiça, e vamos provar que temos razão.

Tomemos inicialmente, como primeiro princípio, o fato de que a pior transação, redigida até por um tabelião ignorante, é melhor do que ser submetido ao melhor dos processos, até mesmo que ganhar esse processo; e estejamos seguros de que, ao pôr os pés no escritório de um advogado, pomos nossa fortuna à beira de um precipício!... Se ainda duvidam, leiam o que se segue.

Existem alguns jovens escreventes que, para explicar esse perigo, citariam, como primeiro exemplo, *a bagatela*. Ora, como essas bagatelas nada mais são do que o *mato emaranhado* de uma floresta, somos os últimos a atear-lhe fogo; pois hoje em dia a *bagatela* que encantava os antigos procuradores já não passa de um jogo infantil que se deixa para os novatos: está até provado que *não dá lucro*. Quanto a nós, vamos falar sobre o que é mais importante, e mostraremos como a coisa mais simples do mundo pode se transformar na mais enrolada e, consequentemente, na mais produtiva.

Art. 3º: Da ordem

Você imaginará talvez que se trata aqui da ordem que você deve ter nos seus negócios... nada disso; aqui ordem significa confusão, um embrulho infernal, o fogo etc.

Imagine, por exemplo, que você tem uma casa (talvez você não tenha um tostão de seu, pouco importa: imagine, é sempre bom sonhar). Quem tem uma casa nem sempre é rico; e, como sua mulher tem fantasias e você tem desejos, resulta que vocês dilapidaram o capital, enfim, têm de fazer um empréstimo.

Você se dirige aos tabeliães, à procura de dinheiro a 5%, 6%, 7%, 8%; e hipoteca sua bela casa — que vale setecentos ou oitocentos mil francos — inicialmente por dez, depois vinte, depois cinco, depois dez mil francos; e, claro, não honra o compromisso quando do vencimento, e é assim forçado a acumular dívidas, a fazer novos empréstimos etc.

Ao cabo de uns dez anos, começa a se preocupar, e ao se levantar, pela manhã, pensa: "Diabo! Tenho de pôr ordem em meus negócios: não é possível, trinta ou quarenta hipotecas sobre uma casa tão bonita!" Na verdade, ao entrar ou sair, em vez de ver venezianas e beirais, você vê planar sobre o telhado uma nuvem de dois, três, às vezes quatrocentos mil francos, em meio a centenas de figuras que parecem pedir dinheiro e que esvoaçam de um lado para outro.

Então, um belo dia, você tem a luminosa ideia de pôr sua casa à venda, de transformar o restante de seu valor em títulos e enfim viver em paz. E logo manifesta a intenção de vender. A reação imediata de seus credores é de medo, imaginam que você está em maus lençóis; exigem reembolso, e você não tem um centavo sequer; eles então processam você, querem a desapropriação. É a isto que os advogados chamam *atear fogo a um negócio*; mas a *ordem* ainda não é isso.

Você escolhe um advogado para defendê-lo; aqui é que começa a confusão. Alguns acham que o preço da venda não será suficiente para pagá-los; outros exigem mais juros do que têm direito; mas seu advogado faz uma defesa enérgica e, depois de uma luta onde você tem algumas vitórias, as partes acordam em converter a apreensão imobiliária em venda voluntária.

Você fica satisfeito, imaginando que com o que sobra poderá ter enfim uma vida tranquila; na verdade, sua casa é vendida por seiscentos mil francos. Daí recomeça a ação entre os credores que brigam pela colocação etc.

O comprador, aborrecido, faz ofertas e, depois dessa complicação acessória, o dinheiro acaba por ser depositado na caixa de amortização.

Enfim, depois de muitos julgamentos, muitos litígios, é estabelecida uma *ordem*, isto é, seus credores vão cobrar na justiça, um atrás do outro. Você pensa que é uma coisa muito simples. Engano!... Procedem da seguinte maneira:

O advogado do comprador e o advogado do mais antigo dos credores *notificam* a todos os credores:

1º: O documento de aquisição ou o contrato;
2º: A petição ao juiz para que sejam pagas as dívidas;
3º: O demonstrativo de suas inscrições etc.

Assim determina uma lei sábia: é necessário que cada credor conheça o processo, e possa dar um lance mais alto, se julgar que o imóvel está sendo vendido a preço vil; convém que você verifique as inscrições para saber se seu terreno é aquele, se não foram inseridas falsas dívidas, credores pagos etc. Nada é mais justo do que contestar.

Durante esse tempo, você cruza os braços, assume uma atitude nobre e elegante.

Frequentemente o advogado do comprador e o advogado do credor privilegiado são uma única pessoa; porque, na maioria das vezes, é o credor mais forte quem compra o imóvel; e é aí que você vai ver como seu bem vai desaparecer tragado pela ordem!

Há cem pessoas inscritas, sem contar os advogados, que querem ser pagos sob a forma de privilégio sobre o próprio imóvel, e que querem apenas *cem inscritos*, o que é uma reivindicação modesta, pois, frequentemente, nossos credores transferiram a outras pessoas um terço, um quarto, a metade de seu crédito; e por vezes, para um de seus empréstimos de dez mil francos, há três ou quatro subscritores que você nunca viu mais gordos. Por favor, siga com atenção o cálculo que vamos fazer.

Um julgamento de aquisição não tem mais do que 250 registros, é modesto, se você pensar que um registro tem apenas vinte linhas, apenas cinco sílabas por linha, e que contém toda a história de seus predecessores na posse da casa, quem a construiu, em que terreno etc., sua descrição etc., o processo etc. etc.

Calculamos 250 registros, logo................250 registros
Calculamos por baixo, destinando cinquenta registros para a petição através da qual seus credores solicitam ao juiz para abrir a ordem dos credores, logo................50 registros

O demonstrativo das inscrições, oh! para esta parte, trezentos registros não é muito, logo................300 registros
Total................600 registros

São pois seiscentos registros que o advogado deve notificar aos cento e tantos credores inscritos sobre a casa de sua propriedade. Ora, a lei lhe garante seis tostões (o que não é muito) por cada registro notificado, e uma folha de papel timbrado de setenta centímetros por cada seis registros.

Assim, vamos calcular quanto custará o advogado, apenas para notificar um único credor:

1º: Seiscentos registros a seis tostões, logo . 180
2º: Cem folhas de papel timbrado a setenta centavos cada folha, logo 70
Total 250

Multiplique agora esses duzentos e cinquenta francos por cem, e terá cerca de trinta mil francos apenas por uma notificação. Mas, dirá você, o advogado não ganha muito; não tem de copiar cem vezes cem registros, o que faz um total de sessenta mil registros escritos: ou será que tem escreventes para fazer tudo?

Nem pense nisso, meu caro senhor, os escreventes não escrevem nem um *a*...

Você quer realmente saber qual será o lucro do advogado? Aqui está ele: numa folha de setenta centímetros, onde devem caber seis registros, fará com que caibam quarenta, e, das dez mil folhas que deveria usar, sobram para ele oito mil e quinhentas.

E não é tudo; em vez de mandar copiar esses sessenta mil registros, que lhe custariam mais de 15 mil francos se fossem escritos por mãos humanas, imprime esta notificação, que caberá em uma folha de impressão tipo oitavo; faz uma tiragem de cento e tantos exemplares que lhe custará, em vez de seis tostões por registro (que, pela tarifa, você tem de lhe pagar), no máximo menos de um décimo de centavo.

É por aí que começa uma ordem: como sabe, damos aqui apenas os traços gerais. Pouparemos você das contestações, colocações, processos acidentais, trapaças etc. Faremos apenas uma última observação: você tem cem credores; mas esses cem credores mudaram de endereço durante os dez anos que você levou para fazer um empréstimo de trezentos ou quatrocentos mil francos, e o endereço do emprestador na inscrição da hipoteca nem sempre é o mesmo; ora, a lei determina que, para que os credores não possam ser frustrados, e que não seja vendida sua parte à revelia, sejam notificados em todos os endereços possíveis; assim, se cada credor tiver uma casa de campo, em vez de trinta mil francos temos sessenta.

Não mencionaremos o que dão os oficiais de justiça aos advogados para serem chamados; no entanto, se a notificação custa vinte francos, e se dão cinco ao advogado, em duzentas notificações, temos mais uma nota de mil francos, sempre para o advogado.

Há um último aspecto, mais importante do que tudo: é que nada disso é ilegal; essas coisas são feitas obedecendo à tabela, você não pode protestar. O advogado que assim procede não é mais ladrão do que você ou do que o *Senhor Fulano*. Para você, é uma fatalidade, o mesmo que quebrar uma perna.

★ ★ ★

Concluindo: se você tem uns quarenta mil francos em dívidas, e se seu imóvel for vendido por seiscentos mil francos, deduzindo-se os gastos com o processo, com a ordem, com os processos acidentais etc., você poderá ficar com uns cinquenta mil francos líquidos.

No entanto, se acontecesse nesta confusão que um de seus credores, instigado por seu advogado, decidisse oferecer um lance mais alto, ou se os direitos de sua mulher sobre o imóvel não estivessem bem estabelecidos, só vejo uma solução: você teria que fugir para os Estados Unidos.

Todavia, a legislação sobre as hipotecas é algo muito bom.

Frequentemente, quando um caso termina de maneira vantajosa para você, é dada uma sentença cuja expedição você quer ter logo em suas mãos para notificar o adversário e fazê-lo parar a ação que move contra você; vai então pedir o documento ao advogado, que lhe diz:

— Isso não depende de mim!... É com o escrivão do tribunal; vá ao Palácio da Justiça, insista com ele!...

Você vai andar trinta léguas e não vai encontrar o escrivão; e, se conseguir encontrá-lo, o homem exibirá uma centena de sentenças que devem ser expedidas antes da sua; e você daria mil francos para ter esse papel.

Você volta ao advogado, totalmente em pânico, e o causídico sorri.

— O que é necessário fazer para se obter essa maldita sentença?

— Quer deixar isso em minhas mãos? — dirá o advogado. Mas você terá de molhar a mão *dos funcionários do cartório*.

Você concorda. Três dias depois, a sentença está em suas mãos. Porém, no fim das notas de custas, figura esta linha sentenciosa: "Serviços, deslocamentos etc., quinhentos francos." E você paga sem protestar. E terá sorte se um amanuense não pedir nada para o *cartório*.

Quando um processo é muito enrolado, e as sentenças se cruzam como balas num campo de batalha, há um grande número de partes *na causa*, as sentenças são notificadas de advogado a advogado e de parte à parte: neste caso a notificação é *em branco*.

Notificar em branco é copiar todo o *dispositivo* do julgamento, precedido de *Carlos, pela graça de Deus, rei da França e de Navarra* etc., algumas partes da sentença e o último registro.

É claro que a soma que figura na nota de gastos com notificação corresponde ao total do texto. Se o julgamento tem cem registros, se há dez partes, você pode imaginar o lucro à luz dos cálculos feitos no artigo, já comentado, *Da ordem*.

★ ★ ★

Em que pese todo nosso respeito pelos senhores advogados, temos de confessar que esta prática é quase equívoca e pouco sentimental.

Outro abuso, e ainda mais grave, é fonte do principal lucro dos advogados: *A Petição*.

Para entender bem o que vem a ser uma petição, é sempre necessário ter diante dos olhos o cálculo que fizemos relativo às notificações do *registro*: conceda-nos, agora, alguns minutos de sua atenção.

Em qualquer negócio, quando você é processado na justiça, quando se pretende ter sobre você um direito que você não aceita, e você e seu adversário estão *coram judice* — ambos têm um advogado que defende suas respectivas razões —, é uma batalha: os advogados são o batalhão de combate; mas antes de chegar às vias de fato, os reis publicam manifestos, fazem declarações de guerra.

Sua declaração de guerra é a *petição inicial*: uma perfeita tolice.

Vem então o manifesto: é a petição!... A referida petição deve ser apresentada aos juízes — que nunca a leem — por seu advogado, que, neste caso, é seu representante, seu padrinho.

Essa petição é notificada de advogado a advogado, nunca às partes; seria pôr lenha na fogueira. Assim sendo, se há dez partes, haverá dez cópias da petição e dez notificações da mesma: há uma minuta que fica em mãos de seu advogado. Essa minuta, que consta do dossiê, chama-se *sumário dos autos*. Esse sumário dos autos, ou *traslado*, consiste em folhas de papel ofício timbrado, nas quais suas razões são expostas, segundo a lei, em fólios de vinte linhas com cinco sílabas por linha.

Cada fólio chama-se registro, e esse registro do traslado custa dois francos apenas pela eloquência; o papel e a citação são cobrados à parte.

Já vimos petições com duzentos, trezentos registros, citações com vinte partes.

Você já pode ver que, se a lei exige vinte linhas e cinco sílabas, raramente há mais, e frequentemente há menos.

Não existe caso em que não seja feita uma petição.

Digamos que você, filho da Revolução, foi batizado de *Brutus*. É necessário um processo para retificar o nome infame e passar a chamar-se

Pierre. Petição do M. Brutus... ao Senhor Presidente etc., e a referida petição expõe em vinte registros os efeitos da tormenta revolucionária, os crimes que conspurcaram a França, a prudência do legislador que permitiu àquele que tem o nome de Saint-Maur, e que se chama Pierre, poder mudar de nome, tudo isso seguido dos artigos do Código etc.

Uma mudança de nome, um M ou um L, Saint Pierre, Jacques Brutus, custam cem escudos.

Você tende a imaginar que, enquanto um amanuense rabisca a petição, se houver dez partes, haverá dez amanuenses que escrevem a cópia para notificar, e aí está o milagre. Fala-se muito do milagre dos cinco pães que deram de comer a quarenta mil homens; o procurador faz exatamente o contrário; as quarenta mil linhas da petição devem caber em cinco páginas, e os amanuenses têm ordem para escrever com letra miúda, abreviar as palavras.

Assim, *nfção* quer dizer notificação; *jto*, julgamento; *nfdo*, notificado; *ptção*, petição; *alg*, algum; *icst*, incessantemente etc. Mas os amanuenses têm de lutar contra as leis do fisco, que proíbem, sob pena de multa, mais de *quarenta* linhas numa folha de papel timbrado de 35 centímetros. No entanto, como os fiscais não tiveram a ideia de prescrever o número de letras, o que se vê são linhas espremidas e letras tão diminutas que seria necessário, como diz Voltaire, uma lente para ler; outro lucro; pois fazem caber o máximo de coisas em uma única petição.

Viva as penas de corvo, maravilhosas para traçar esses caracteres sagrados que dão lucro à camarilha! Uma pena de corvo escreve mil vezes mais delicadamente do que o pincel de um miniaturista.

Além disso, há uma arte de frasear e parafrasear, que é uma coisa extremamente curiosa: por exemplo, um sem-número de louvores aos legisladores das novas prescrições, arrazoados de uma astúcia e, ao mesmo tempo, de uma extensão tais que, frequentemente, fazem rir os próprios juízes.

Um exemplo: quando, em 1844, o céu nos trouxe de volta os Bourbons, Luís XVIII sancionou, em dezembro, uma lei que devolvia aos imigrantes todos os seus bens não vendidos. Houve uma multidão de protestos dos credores. Pois bem: apostamos que essa frase sacramental e popular está em um número incomensurável de petições.

Quando, em sua sabedoria, Deus fez pesar uma mão de ferro sobre a França (essa expressão terrível era destinada a Bonaparte), quando a afligiu com tantos males, quando suscitou as mais violentas tempestades, quando oprimiu o povo sob o peso de um temível colosso, quando a fúria revolucionária desencadeou sua ira, foi, *senhores* (a petição é sempre dirigida ao tribunal), foi para que os Bourbons fossem mais amados pela França, para trazê-los de volta envoltos no manto benfazejo da paz, da calma, da tranquilidade. Surgiram como lembranças guardadas pelo anjo da concórdia e foram recebidos com aplausos unânimes... E o rei legislador, abençoado por nós, ao conceder esta Carta imortal, sentiu que também Deus lhe havia imposto os deveres do reconhecimento para com seus antigos servidores, vítimas como ele do exílio, e que o haviam seguido aonde quer que fosse. Foi então que esse grande monarca, de sentimentos tão elevados, tão generosos, digno de seus antepassados, não contente em devolver-lhes a dignidade, consolidar o trono, devolver à justiça seu antigo brilho, fazer da França a França antiga mais forte, ainda mais majestosa, sancionou essa famosa lei, no dia da graça de..., que traz de volta para os imigrantes posse e gozo de seus bens não vendidos, prejudicando apenas a ele mesmo; pois esses bens dependiam da suposta coroa do usurpador feroz que mandava todos os franceses para a morte.

Quantos registros, quantas moedas de dois francos ligadas aos sentimentos monárquicos! É com esse tipo de arrazoados que engordam as petições: é assim que se prepara o grande combate onde os advogados abusam dos patos.

Para que servem as petições?... Para nada. No entanto, em alguns casos são úteis para resumir o processo e instruir os advogados.

★ ★ ★

Quando seu advogado o defende em um processo, você o remunera regiamente; faz muito bem; o que não impedirá que, em sua nota de custas, figurem 15 mil francos pela defesa do advogado, que vão para seu bolso; se houver dez defesas, haverá dez vezes: no dia tal, pela defesa, 15 francos. Esses 15 francos constituem o salário que a lei destina aos advogados; é tão módico que os advogados não os recebem, e os deixam para os assistentes, que só abrem a boca para comer. Não pronunciam uma sílaba durante a audiência: dá no mesmo, você os paga para que se calem, para que falem ou para que escrevam.

★ ★ ★

Quando, em consequência de uma contestação qualquer, sobrevinda no meio de um processo, é necessário fazer uma investigação ou uma perícia de bens etc., a lei faculta à parte o direito de ser assistida por seu advogado, defensor que nunca deve afastar-se de seu cliente; os advogados convencem então seus clientes da necessidade de requerer sua assistência para o auto de perícia, feito a vinte ou trinta léguas de distância, e recebem tanto por légua de deslocamento e nove francos por vacância.

Ficam tranquilamente em casa, ou vão ao baile, jogam, dançam etc., depois, quando a perícia termina, vão assinar as vacâncias antes do registro, e ganham assim, dormindo em sua cama, aquecendo-se ao lado da lareira, duzentos, trezentos, novecentos francos, segundo a importância do caso.

Não há nada que impeça um advogado de estar no mesmo dia em quatro ou cinco lugares diferentes.

Quando o falecido M. Selves quis rebelar-se contra esse abuso, foi um protesto geral e violento. Sua voz foi abafada e o bom homem morreu lutando contra a corrente. Foi um dos cidadãos mais corajosos que conhecemos. Conseguiram ridicularizá-lo; infelizmente, sua coragem indomável não era acompanhada da habilidade, da sátira, do espírito de Beaumarchais. Se tais qualidades tivessem sido dadas a M. Selves, com sua fortuna e sua tenacidade, teria provavelmente derrubado essa tarifa e conseguido a aprovação de novas leis: mas M. Selves estava velho, doente; seu estilo não era atraente, atacou os homens em vez de combater as coisas. Vamos dar um exemplo que provará essa asserção.

M. Selves contou uma passagem que qualificava como terrível:

— Um camponês morre, deixando para dois filhos sua cabana e uma pequena lavoura, valendo setecentos francos; um advogado, de passagem pelo lugar, aproveita-se de uma disputa entre o irmão e a irmã, aconselha-os a vender a casa por licitação. Os gastos elevam-se a cerca de mil e setecentos francos, e o representante da lei, depois de ter-se apropriado da lavoura e da cabana, processou os infelizes para que pagassem seus honorários.

Isso é revoltante. O advogado capaz de uma ação dessas é um bandido sem armas; mas tudo é perfeitamente legal; se os sentimentos se exaltam, a lei é muda; e M. Selves deixou falar seu coração sem ouvir a razão, que lhe teria demonstrado friamente que as despesas com uma licitação sendo idênticas para patrimônio de um milhão e para uma cabana de um escudo, havia que atacar, antes de tudo, a lei. E, em vez de pedir a forca para o advogado, deveria ter publicado um artigo e, através da eloquência, requerido uma reforma.

★ ★ ★

Numa prestação de contas em juízo, o adversário, em sua petição, questiona as contas, que recusa ou diminui quando se trata de despesa, e aumenta, quando se trata de receita; seu advogado responde então com outra petição em que prova que todos os artigos de sua prestação de contas são válidos.

Esse novo tipo de petição é o que chamam, no Palácio da Justiça, uma *sustentação*, porque é destinada a apoiar você. Pois bem, nunca vimos uma sustentação ter menos de duzentos ou trezentos registros: na verdade, cada artigo necessita de uma pequena petição.

Faça tudo para não prestar suas contas em juízo.

★ ★ ★

Quando você vende um imóvel por licitação, venda voluntária, apreensão etc., é publicado, em razão de dois tostões a linha, o anúncio dessa venda, precedido da sentença que a autoriza, com um resumo sucinto das razões que o levam a vender; em seguida há a designação do imóvel, de tal maneira que esse anúncio reiterado três vezes por adjudicação eleva-se a uma soma considerável; saiba que, da renda desses anúncios, um terço vai para os advogados, como fazem os vendedores de músicas com os compositores: trate de fazer com que dessa terceira parte algo venha para você.

★ ★ ★

Vejamos a bagatela. É como chamam uma multidão de pequenos documentos tais como notificação de advogado a advogado, retomada de instância, pedido de comunicação de peças de processo, pareceres etc., que os advogados produzem durante um caso. Num escritório bem montado, a produção desses documentos rende trinta a quarenta francos todas as manhãs: mas observe que essa bagatela não é nada se comparada às petições, adjudicações, colocações, prestações de contas de tutelas, contribuições etc.

A *contribuição* equivale à *ordem*, mas aplicada aos móveis. Assim, quando apreendem os bens de alguém, e esse alguém está preso, enquanto o infeliz dorme no corredor da rue de la Clef, seus móveis são vendidos, o que se apura nem sempre é suficiente para pagar as dívidas, então é estabelecida uma *ordem*, e a soma é repartida proporcionalmente entre seus credores; mas *essa ordem* não equivale à outra: é uma miniatura comparada aos afrescos de uma cúpula.

Pela manhã, quando o advogado se levanta, depois de haver passado a noite no baile e às vezes haver perdido no carteado, trazem-lhe, como a um ministro, sua *assinatura*, pois seus auxiliares chamam esse ato clerical "ir à assinatura"; trazem-lhe todos os documentos da bagatela, todas as expedições, e então o jovem advogado, sem ler uma linha, assina uma centena de termos, e arregala os olhos de espanto diante dos amanuenses que fizeram todo esse trabalho; mas, aplaude *in petto*, pois, entre um advogado e um amanuense, há a mesma diferença que existe entre um soldado e um marechal da França.

Há causas que começam, se desenrolam, são julgadas, pagas, sem que o advogado saiba o nome do cliente.

Você entenderá que, depois de haver feito esta descrição geral da profissão, não vamos detalhar a maneira mais ou menos hábil pela qual, de vez em quando, surrupiam de você um escudo para uma vacância, um deslocamento de um amanuense. Depois de haver-lhe mostrado as geleiras da Suíça, não vamos exibir um queijo de Tortoni como uma curiosidade.

★ ★ ★

Haveria muita coisa a dizer sobre a câmara dos advogados, coisas interessantes; no entanto, vamos nos abster porque não fazem parte de nosso tema. Basta saber que essa câmara é uma negação do princípio sagrado: "Lobo não come lobo!"

Resumo do Capítulo

Você talvez espere alguns conselhos, algumas máximas que possam orientá-lo nesse labirinto que chamam Palácio da Justiça? Nada disso. E, para não esconder nada de você, devemos confessar que nem um advogado aposentado tem meios de impedir a pilhagem de seu bolso quando tem um processo. Qual seria a conduta a adotar para evitar as custas?... Você pode saber na ponta da língua o Código de Processo, as astúcias da camarilha; pode estar cansado de saber que o oficial de justiça e as publicações fazem abatimentos; é inútil tentar exigi-los; mesmo que você acompanhe sua causa muito de perto, não escapará das petições, nunca conseguirá um processo cujos autos não sejam no mínimo o triplo do que deveriam ser...

Um advogado não faria isso nem por seu próprio pai.

Além do mais, você não encontraria nenhum advogado para defendê-lo.

Se, como M. Selves, você exigisse que fosse nomeado um advogado *ex-ofício*, ele o atenderia mal, sua causa estaria infalivelmente perdida.

Se seu advogado ganhasse a causa sem explorar você, seria considerado a ovelha negra da classe, e se transformaria em alvo da animosidade de todos os seus confrades.

Enfim, se você vai ver seu advogado com frequência, mesmo que o pague bem, você vai incomodá-lo, bem como seus assistentes, e ele então não vai cuidar bem de seus negócios; que isso sirva para que você tome cautela, e, se possível, transija diante de uma contestação que lhe possam fazer. Enfim, se é forçado a entrar em juízo, acompanhe a causa, tente ter o dossiê em suas mãos, examine tudo o que está sendo feito em seu interesse, e impeça com autoridade as petições onerosas, as intimações inúteis; torne-se amigo dos empregados do escritório, sem passar pelo patrão; presenteie os amanuenses, convença-os de que você conhece as astúcias do ofício, das quais você não quer ser vítima, e manifeste-lhes sempre seu reconhecimento, convide-os para bons jantares, suculentas ceias, almoços substanciais; sirva trufas, vinhos generosos, não se esqueça de que trezentos francos gastos dessa maneira economizam mil escudos. Em todos os países, os santos têm mais poder do que Deus. Nunca se preocupe com o rei; mas tenha do seu lado a burocracia: é a única tábua de salvação.

Capítulo 2
Dos corretores de câmbio, dos corretores de negócios, das Casas de Penhores, da loteria, das casas de jogo, empréstimos, dívidas públicas

Art. 1º: Dos corretores de câmbio

Sem dúvida, os corretores de câmbio não ficarão aborrecidos por termos feito os tabeliães e os advogados passar à frente. A preferência deveria ter sido dada à antiguidade e não à habilidade. Na verdade, apenas há poucos anos se compreendeu a importância dos corretores de câmbio: essa função, que em 1814 não custava mais do que cerca de cinquenta mil francos, hoje é vendida por um milhão; e as pessoas capazes de avaliar os recursos dessa indústria garantem que não é caro.

A probidade e a consideração dos membros dessa corporação financeira sem dúvida aumentaram proporcionalmente ao preço que se paga para exercerem a função. Assim, um agente de câmbio de 1825 deve ser 19 vezes mais honesto, mais ativo, mais inteligente do que o seu predecessor; lida com valores muito mais altos, e sua casa, seu carro, seu seguro, aumentaram na proporção apologética do sistema decimal.

Os senhores agentes de câmbio são uma dessas benfeitorias da sociedade que somos forçados a aceitar, como as contribuições de guerra, as indenizações aos imigrantes etc. Quando se quer comprar, vender, transferir, é necessário passar pelas mãos da inevitável confraria. O mal não está aí; mas essa companhia, tal como os espinheiros onde as ovelhas deixam flocos de sua lã branca, despoja insensivelmente o homem honesto que vive de renda; e a renda de uma inscrição transferida vinte vezes é absorvida pelas despesas.

O ministério do agente de câmbio, como o da maior parte dos oficiais civis, é todo de confiança. Você lhe entrega seu capital para que ele faça uma compra; sem dar recibo, anota o montante do depósito num caderninho; depois diz: comprei a tal câmbio; o jeito é confiar na sua palavra.

Poderíamos discorrer sobre operações diversas de bolsa e de câmbio; mas não queremos desvendar o segredo de fortunas colossais feitas em três meses; não lembraremos aqui essas bancarrotas e esses processos recentes, a não ser para fundamentar o conselho que damos a nossos leitores: "Fuja dos corretores de câmbio, nunca jogue na Bolsa; se tem a infelicidade de viver de renda, guarde seus títulos, receba seus dividendos, embora M. de Villèle os reduza a 3%."

Art. 2º: Dos corretores de negócios

Paris está cheia dessas pessoas honestas que fazem seus negócios gerindo os negócios alheios. O negociante que faliu, o advogado sem causa, o coletor aposentado transformam-se em corretores de negócios, *motu proprio*, como diz o papa.

Sem nos determos nesses pobres joões-ninguém que vão de porta em porta à procura de negócios, vamos examinar o mais famoso corretor de Paris: vamos ver qual é sua indústria.

É um homem de cerca de quarenta anos. Tem um ar amável, aberto, as maneiras finas mostram que conhece bons ambientes. Veste-se bem, seu cabriolé veio dos ateliês de Robert, seu cavalo foi comprado em Drake, enfim, é um homem *comme il faut*.

Levanta-se às dez horas, almoça no Café de Paris, visita dois ou três chefes de divisão, com quem tem *relações de negócios e de amizade*. (O que quer dizer: aos quais deve, em espécie, seu reconhecimento.) Vai ver alguns credores do Estado cuja dívida foi quitada na véspera (e que ainda não foram oficialmente informados). Seu negócio se complica. Você poderá perder tudo. O Ministro quer recusar todas as dívidas atrasadas. "Não desanime, escute, comigo é tudo ou nada: ofereço 25% da dívida." Recusa. O homem oferece trinta, quarenta, cinquenta. Negócio fechado, papel assinado. O corretor tem os papéis, e com eles vai à caixa receber a soma inteira. Sua indústria rende 50%.

Um bom provinciano solicita sua pensão; outro pede uma condecoração, um posto. Fazem apelo aos préstimos do senhor corretor de negócios, que põe os documentos no correio, e os dirige aos ministérios. Seis meses depois, por puro acaso, tudo é concedido. O corretor de negócios apressa-se em avisar seus *comitentes*. Diz que fez e aconteceu, exalta seu próprio trabalho, pede uma soma enorme pelos serviços, pelo tempo e pelo que teve de desembolsar. Neste caso, sua indústria rende 100%.

Um intrigante quer obter um fornecimento. O corretor de negócios entra em ação. Vai ver o secretário, dá um presente à amante de Monsenhor, consegue entrar no gabinete, trata o negócio diretamente com Sua Excelência. Neste caso, não podemos especificar o lucro da indústria.

Há corretores de negócios de todos os tipos: como os répteis, deveriam ser classificados por famílias e cuidadosamente descritos, desde aquele que arruína a viúva, com o pretexto de ajudá-la a obter uma pensão, até aquele que desconta a 12% títulos que, no banco, dariam quatro; mas seria necessário escrever todo um livro, e só dispomos do espaço de um artigo; vamos então resumir:

Em vinte corretores de negócios, há pelo menos 19 larápios.

Logo, você deve cuidar pessoalmente de seus negócios, e não se lançar com premeditação numa casa de marimbondos.

ART. 3º: DAS CASAS DE PENHORES

Que bela é a teoria! No papel, no discurso de um filantropo economista, a Casa de Penhores desempenha um bonito papel!

Instituição útil e que ajuda o público, oferece ajuda ao comerciante embrulhado em seus negócios, ao mercador obrigado a verter capital em curto prazo, um recurso sempre disponível. O infeliz ali encontra a ajuda de que necessita: os filhos choram por pão e imediatamente a Casa de Penhores empresta dinheiro ao pai aflito, contra qualquer objeto inútil. Além disso, quantas vantagens reais! Pode-se retirar o objeto a qualquer momento; a Casa de Penhores empresta a juros módicos; o mutuário não conhece o mutuante, nunca terá de se envergonhar diante dele; nunca está exposto a uma recusa: enfim, o caixa da Casa de Penhores é para a França inteira o bolso de um amigo.

Tudo isso é bonito, muito bonito; infelizmente, em termos práticos, tudo muda.

É verdade que a Casa de Penhores empresta a juros módicos; mas, para começar, só empresta uma soma equivalente à metade do valor do objeto penhorado; logo, os juros são muitos maiores do que parecem.

Aos juros reais, é necessário acrescentar um direito de entrada, um direito de saída, um direito de comissão, um direito de liberação; resumindo, a Casa de Penhores empresta a 25% ou 30%.

Além disso, a Casa de Penhores estabelece um prazo fatal que, quando vencido, o objeto penhorado é vendido em leilão. Nessas vendas, o objeto sobre o qual foi feito um empréstimo correspondente à metade de seu valor é vendido a um preço bastante elevado. No entanto, a administração, que se comprometeu em informar o proprietário do excedente da venda sobre o empréstimo e os juros, nunca restitui nada. Na realidade, as despesas com a Casa de Penhores mais as despesas com a venda sobem a juros superiores a 50%.

E essa instituição imoral, esse tráfico infame, esse banditismo horrível, que oprime a classe trabalhadora e pobre, conta com defensores e apoio. Eles acham que a Casa de Penhores impede os infelizes de recorrer aos agiotas. Mas, na verdade, estimulam a procurar os agiotas, que, condenados e execrados pela lei, emprestam a 12%, são menos ladrões do que a Casa de Penhores, que a lei institui e protege.

Destas considerações, tiramos esta regra geral: em qualquer circunstância, é melhor vender do que depositar na Casa de Penhores.

Art. 4º: Da loteria

Na porta da casa lotérica, um bonito quadro, enfeitado com fitas rosa e verdes, apresenta aos olhos gulosos os bilhetes premiados. Esses bilhetes são provocadores, falam carinhosamente à imaginação; aquele que os comprar estará rico, será feliz, poderá satisfazer todos os seus desejos. Sim! mas, se pudéssemos pôr do outro lado as penas, os tormentos, a infelicidade que traz uma paixão funesta; se pudéssemos mostrar o pai jogando a fortuna da mulher, a vida dos filhos, que percorre um triste caminho: primeiro como otário, depois larápio, acabando por se tornar criminoso. A loteria é causa de mais suicídios do que a miséria: arrasta em seu séquito o desespero e a morte.

Mas não perdem todos? Perdem todos. Aquele que tem um prazo vencido pagou de antemão bem caro ou perderá mais tarde mais do que ganhou.

Há muito tempo que vozes eloquentes se levantam em vão para pedir a abolição dessa instituição imoral. A única maneira de cortar o mal pela raiz é demonstrar sua evidência. No dia em que todos estiverem convencidos de que o dinheiro gasto com a loteria está perdido para sempre, que os sete milhões que a loteria rende para o governo são um lucro vergonhoso, fruto de roubo; no dia, enfim, em que ninguém mais gastar com loteria, a autoridade que respeita a moral pública, quando é de seu interesse não violá-la, suprimirá as loterias, que se terão tornado onerosas.

ART. 5º

Não falaremos aqui das pequenas rifas burguesas sobre as quais já demos nossa opinião no Art. 16º do Livro Segundo.

ART. 6º: DAS CASAS DE JOGO

Em Paris, nesta capital do mundo civilizado, neste centro de sociabilidade, de comércio, de indústria, no coração desta cidade que um orador da revolução, Anacharcis Clootz, chamava *comarca do globo*, existem casas onde a agiotagem e o roubo são autorizados; onde a ruína, o desespero, o suicídio são arrendados, e rendem para o governo somas imensas a que se podem chamar o preço do sangue.

Ao entrar numa casa de jogo, deixa-se a honra na porta, e feliz daquele que a pode recuperar ao sair. Ao redor de uma longa mesa, uma multidão de seres com rostos lívidos, descarnados, que lembram as sombras de Dante, pescoço torcido, expressão atormentada, estão com os olhos fixos sobre um pano verde, números, e cartas que são donas de seu destino. O dinheiro que é lançado sobre essa mesa fatal perde, ao tocá-la, a décima parte de seu valor; as coisas são feitas de tal maneira que quem banca o jogo sempre ganha. Esse lucro assegurado, essa oportunidade desigual caracterizam um roubo; e esse direito ao roubo, o dono da banca comprou por dez milhões: por dez milhões pode impunemente despojar o homem confiante, corromper o jovem inexperiente, atirar ao vício e ao crime o imprudente seduzido por uma isca enganadora.

Mas o mundo do jogo não se contenta em tirar todo o dinheiro que um homem possui: ele provoca, solicita você. Uma Casa de Penhores clandestina, uma casa de agiotagem estão estabelecidas em cada casa de jogo. Lá, sobre uma joia, um relógio, um broche, se empresta ouro, e esse ouro desaparece rapidamente.

Que os homens se convençam de que nunca alguém ganhou nessas casas infames; se, por um instante, a fortuna sorri para o jogador, logo lhe vai ser madrasta, e sempre a mais funesta das paixões traz com ela a ruína total daquele que por ela é dominado.

Há dez anos, em cada sessão legislativa, vozes enérgicas protestam contra a imoralidade dessa renda que conspurca o fisco. Mas novas casas de jogo continuam a aparecer; um novo contrato acaba de ser feito com a fazenda por cinco anos. Um ministério que se arma em defesa da religião e da moral, um ministério que faz leis contra o sacrilégio, e que desce a bainha das saias das bailarinas da Ópera, deveria ouvir os gritos dos infelizes que se perderam nas casas de jogo, e a voz patriótica dos legisladores que querem pôr termo a um escândalo que desonra a nação.

Art. 7º: Empréstimos. Dívidas públicas

Nada é mais precioso do que o crédito; e o honesto M. Schneider, que inventou o queijo Gruyère e o sistema de empréstimos, prestou um verdadeiro serviço à sociedade.

Através dos empréstimos, desaparece a desigualdade das fortunas, a riqueza é uma quimera, toda sumidade é nivelada. Aquele que toma emprestado é, durante um instante, positivamente mais rico do que aquele que lhe empresta; seja o governo constitucional ou o soberano absoluto, o tomador não admite nenhum risco de perda, e busca todas as possibilidades de lucro.

É uma coisa curiosa essa atividade de especulação que, há vários anos, tomou conta de nossos ricos banqueiros. De qualquer lugar que venha uma proposta, encontra ouvidos e bolsos abertos. A mesma caixa alimenta a Santa Aliança e o senado grego. Se o sultão necessita de dinheiro, sua simpatia o ajudará a encontrá-lo e o empréstimo será concedido.

No entanto, quantos exemplos poderiam alertar contra essa avidez de chances. Os governos abrem falência, assim como os particulares; e os governos não temem as galeras. Outrora, a França arruinou seus súditos e os reduziu a dois terços; hoje, está às vésperas de um novo tipo de bancarrota, ao converter as rendas de 5% a 3%. Todavia, sempre há pessoas dispostas a comprar, a negociar, sobre esses valores ideais que rendem menos do que uma casa, menos do que as terras, e que não podem ser segurados contra o granizo e o incêndio.

Sobre o autor

Com apenas 19 anos, Honoré de Balzac (1799-1850), nascido em Tours, no interior da França, convence a família humilde a sustentá-lo em Paris, em busca de se tornar escritor. Depois de ser reprovado em um exame na Faculdade de Direito, Balzac decide abandonar o curso e dedicar-se à literatura com fervor, justo quando o romance de folhetim ganhava força na Europa Ocidental. Dormindo poucas horas por noite e escrevendo intensamente, em 1833, o escritor decide sistematizar sua produção literária no que viria a ser *A comédia humana*: um conjunto de textos, dividido por ele mesmo em três partes — Estudos de costumes, Estudos filosóficos e Estudos analíticos —, que reúne diversos personagens usados sistematicamente em várias obras. O recorte do século XIX feito por Balzac contém 89 títulos, entre histórias curtas, novelas e romances, como *A mulher de trinta anos* (1832), *Eugênia Grandet* (1833), *O pai Goriot* (1835) e *Ilusões perdidas* (1836-1843).

DIREÇÃO EDITORIAL
Daniele Cajueiro

EDITORA RESPONSÁVEL
Ana Carla Sousa

PRODUÇÃO EDITORIAL
Adriana Torres
Luisa Suassuna

REVISÃO
Pedro Staite

DIAGRAMAÇÃO
Larissa Fernandez Carvalho

Este livro foi impresso em 2018 para a Editora Nova Fronteira.